천마사냥꾼

운경 현대 판타지 장편소설
WISHBOOKS MODERN FANTASY STORY

천마사냥꾼 1

운경 현대 판타지 장편소설

초판 1쇄 찍은 날 | 2017년 8월 9일
초판 1쇄 펴낸 날 | 2017년 8월 16일

지은이 | 운경
펴낸이 | 예경원

기획 | 위시북스
편집책임 | 이규재
편집 | 이즈플러스

펴낸곳 | 예원북스
등록번호 | 제396-2012-000132호
등록일자 | 2012. 7. 25
KFN | 제1-136호

주소 | 경기도 고양시 일산동구 호수로 646-24 위너스21 II 빌딩 206A호 (우)10401
전화 | 031-819-9431 팩스 | 031-817-9432
E-mail | yewonbooks@naver.com

ISBN 979-11-6098-442-2 04810
979-11-6098-441-5 (set)

※ 이 도서의 국립중앙도서관 출판시도서목록(CIP)은 서지정보유통지원시스템 홈페이지(http://seoji.nl.go.kr)와 국가자료공동목록시스템(http://www.nl.go.kr/kolisnet)에서 이용하실 수 있습니다.

천마사냥꾼
운경 현대 판타지 장편소설
WISHBOOKS MODERN FANTASY STORY
1
Wish Books

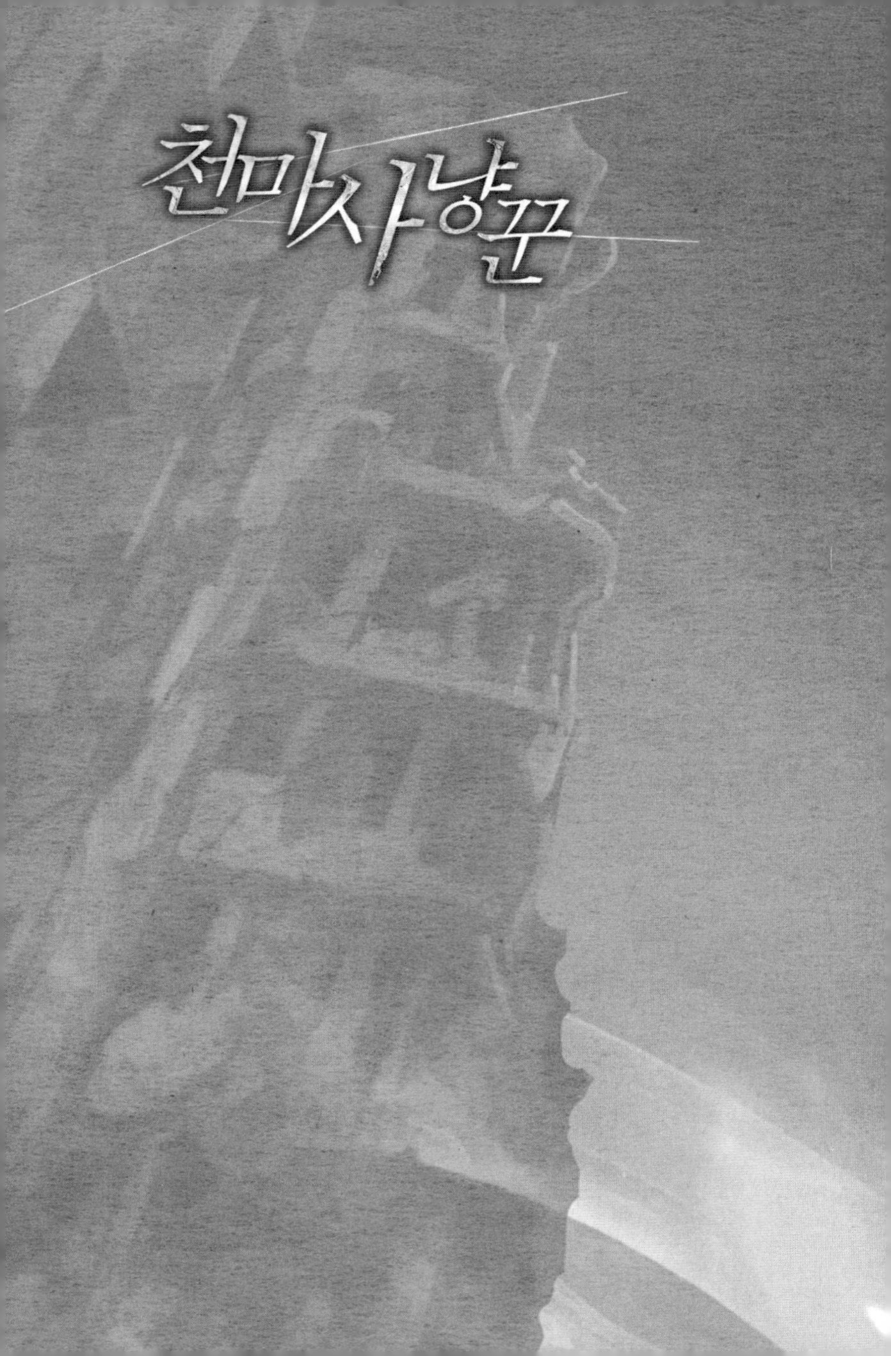
천마사냥꾼

CONTENTS

서장	7
제1장 귀환자	11
제2장 폭염의 마녀	93
제3장 역습	175
제4장 천랑섬권	257

서장

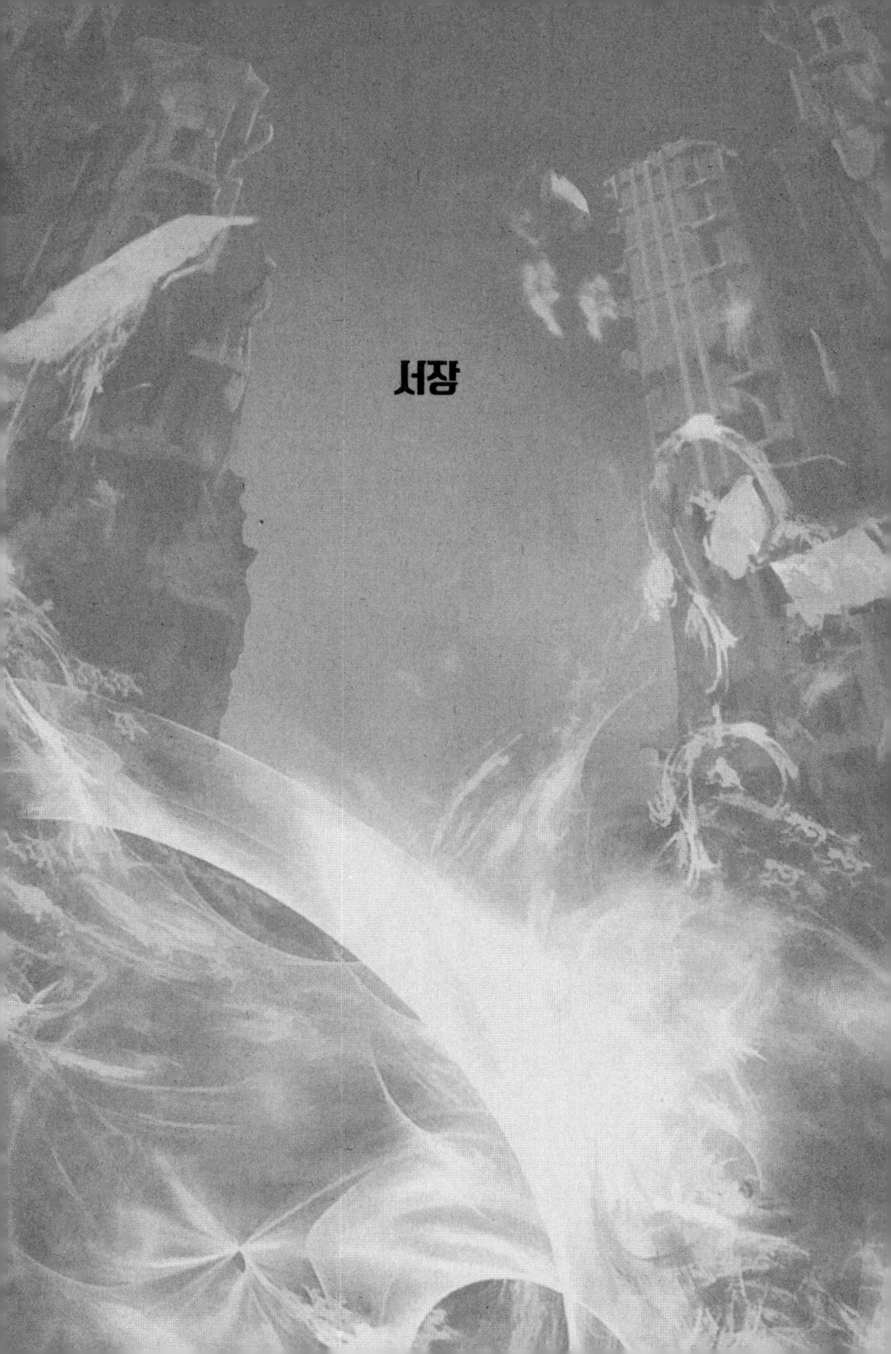

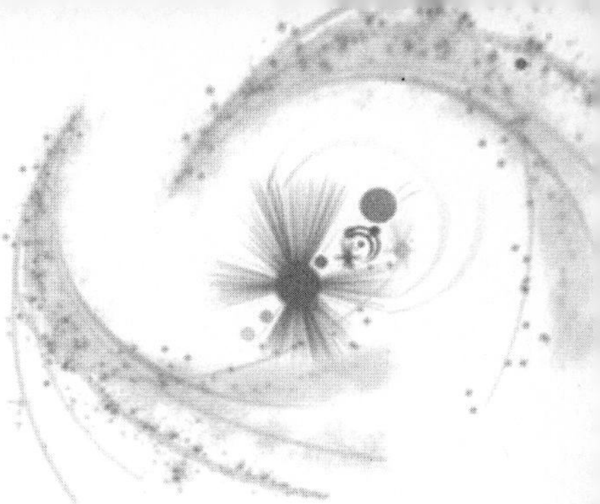

천마(天魔) [명사]

1. 마라 파피야스(Māra-pāpīyas). 제육천마왕.
   사마(四魔)의 하나. 욕계(欲界) 제6천을 지배하는 마신.
2. 천마신교(天魔神教)의 종주. 생몰년도 미상.
3. 검은 안식일 이후 지상에 창궐하게 된 마수 무리의 지배자.
   통칭 아포칼립틱 데몬 로드(Apocalyptic Demon Lord).

사냥꾼 [명사]

엽부(獵夫). 엽사(獵師). 엽호(獵戶). 유렵가(遊獵家).

사냥하는 자.

제1장
귀환자

1

무림맹력 143년. 강호의 운명은 종극에 달했다.

천마천세의 기치를 들고 일어난 마교도 무리. 그들은 무서운 기세로 중원을 전복했고 기존에 존재하던 무림의 질서를 송두리째 뒤집어 놓았다.

화산이 함락되고 무당은 초토화되었다. 숭산은 불타오르고 장강은 피로 물들었다.

그리고 그 중심에는 물론, 천마가 있었다.

천마. 무림지존. 백도무림의 악몽. 하늘에 다다른 자.

그는 무림 명숙 7인과의 차륜전을 승리로 장식하고, 마침내 무림맹주인 백학검(白鶴劍) 남궁원의 숨통마저 끊어놓았다.

그 기세란 문자 그대로 파죽지세. 천 명의 마병이 그 뒤를 따라 진군하니, 강호의 산천에는 피가 마를 일이 없었다.

정파 무림은 벼랑 끝까지 내몰렸다. 중원은 이제 천마신교의 이름 아래 새로이 재편될 것이었다.

"……그래야만 했거늘."

철퍽!

검붉은 핏덩이가 바닥을 후리며 사방으로 튀었다. 걸쭉한 핏물을 토해낸 반백의 중년인은 자조적인 미소를 머금었다.

"아무래도 본좌는 여기까지인 모양이군. 훌륭하다, 적이여."

중년인의 망막에 비치는 것은 비교적 젊은 외관의 사내. 모양새를 보자면 중년인 못지않게 엉망진창이었다. 물론 주변을 둘러싼 시체들에 비하자면 훨씬 나은 입장일 테지만.

울컥.

젊은 사내 또한 피를 한 됫박 토해냈다. 중년인과 달리 미소를 지을 만한 여유는 없는 듯, 사내는 오만상을 찌푸린 채 뇌까렸다.

"시발, 더럽게 강하네."

"그건 그대 또한 마찬가지다. 설마 본좌를 여기까지 몰아붙이는 자가 존재할 거라고는 생각도 못 했군."

"말은 잘하시는군. 혼자 이 숫자를 다 살육해 놓고는."

"그러나 거기까지일 뿐이지. 게다가 그들을 방패막이로 이용한 건 네가 아닌가?"

"……."

"이건 칭찬이다."

중년인은 반파된 석조 의자에 털썩 주저앉았다. 본래는 황룡의 형상이 새겨져 있던 거대한 옥좌. 지금은 머리가 잘려 나가 한층 을씨년스러웠다.

"네가 승리했다. 동원할 수 있는 패를 모두 동원하여 보기 좋게 승리했어."

중년인의 말에 사내는 되레 긴장했다.

"개수작 부리려는 거라면……."

"수작 따위가 아님은 잘 알 텐데? 본좌에겐 더 이상의 여력이 없다. 내력은 바닥 났고 기맥은 뒤틀렸지. 너도 그쯤은 알고 있을 터."

"그렇더라도 싸울 수 있는 것이 인간이야."

"그러나 본좌는 더 싸우지 않을 것이다."

중년인이 선언하듯 말했다. 마치 그것이면 충분하다는 듯.

사내는 그 말을 존중하기로 했다. 다름 아닌 저 천마의 선언이었기에.

중년인, 천마는 자못 느긋하기까지 한 어조로 말했다.

"특이한 무공을 사용하더군. 저 백도 놈들의 것은 아니야.

본교의 것도 결코 아니지. 대체 자넨 어디 출신이지?"
"내가 왜 대답해야 하지?"
"최후의 유흥이다. 승리자로서 그 정도 아량쯤은 베풀 수 있을 텐데?"
한동안 주저하던 사내가 결국 입을 열었다.
"굳이 너희들 식으로 말하자면…… 해동(海東)이라고 해야겠지."
"해동이라. 고려인인가?"
"아니."
반사적으로 대답한 사내였으나 이내 주저하며 덧붙였다.
"그렇다고 할 수도 있겠지만."
"네 무공은 해동의 것인가?"
"아니, 이건 무공이 아니라……."
뭐라 설명하려던 사내는 오만상을 찌푸리며 머리를 긁적였다.
"하여간 그런 게 있어. 어쨌든 이 능력은 무공이 아냐."
"그건 그래 보이더군."
천마는 빙긋 웃었다.
"본좌의 공격을 단 한 번 허용했던가?"
"……그래, 정확히 말하자면 그것도 스친 거지만."
아슬아슬하게 비껴간 일격. 아마도 권격이었을 것이다. 정통으로 맞은 것도 아닌 공격 한 번이 사내의 육체를 안팎으로 부숴놓았다. 피를 한 됫박 토해낸 것도 그 때문. 천마의 권격이 강맹한 면도 있었지만, 사내의 육체가 단련되지 않은 면도 컸다.

'그 일격을 제대로 먹었다면…….'

지금쯤 곳곳에 흩뿌려져 있는 살점들과 같은 꼴이 되었을 터였다.

"외공을 익힌 흔적이 전혀 없는 것이 특이하더군. 익힌 것은 내공뿐인가?"

"내공은 아니고…… 굳이 말하자면 염동력(念動力)이라고 해야겠지."

"그게 뭐지?"

"설명하자면 복잡해. 어쨌든 당신들의 무공 같은 건 아냐."

"그래 보이는군."

천마는 피 묻은 수염을 쓰다듬었다.

"어찌 되었든 너는 본좌를 무릎 꿇렸다. 무림지존이 된 소감은 어떻지?"

"지존은 얼어 죽을."

사내는 쓴웃음을 지으며 중얼거렸다.

무림맹 최정예 무인 수십 명을 동원한 최후의 급습. 천마가 극소수의 수행원만을 대동한 상태가 아니었다면 결코 성공할 수 없었던 작전이다. 물론 그 최적의 시기, 최적의 상황을 찾아내어 파고든 것 자체만으로도 대단하다 할 수 있겠지만.

어찌 됐든 이는 정보전의 승리일 뿐, 무인 간의 승패를 운운할 만한 것은 아니었다. 단둘이서 제대로 맞붙었다면 사내가 두 다리로 버티고 있는 결과는 일어나지 않았을 테니.

'나 따위는 순식간에 박살 났겠지.'

근접전으로 들어서자마자 도륙당하고 말았을 터.

피투성이의 승리는 대동해 온 수십 무인을 방패막이로 써먹은 결과일 따름.

천마는 그토록 강대했다.

"무인이 아니라면 네 정체는 무엇이지?"

"굳이 말하자면…… 사냥꾼이라 해야겠지."

"사냥꾼이라. 엽사인가?"

"그래, 덫을 놓거나 산속을 헤매고 다니진 않지만."

"그건 또 무슨 뜻이지?"

"설명하자면 복잡해."

천마는 그러려니 하며 고개를 끄덕였다. 그의 호흡은 이제 거의 끊길 듯 말 듯 희미해져 있었다.

"생각해 보면 그런 것도 같군. 네 싸움은 사냥에 가까웠어. 맹의 놈들이 생각할 법한 방식은 결코 아니지."

철저한 역할 분담. 천마를 쓰러뜨린 일등공신이라면 바로 그것이었다.

금강불괴를 대성한 무승들은 방어에만 전념하고, 나머지는 방어를 포기한 채 오직 공격에만 매달렸다.

물론 그 또한 교란책. 사내가 방해 없이 결정타를 날릴 수 있도록 천마의 주의를 끄는 것에 불과했다.

그리고 마침내 들어간 일격.

천마는 우심방이 완전히 박살 나는 치명상을 입었다. 기실 단련된 무인이라 해도 즉사했어야 할 타격을 말이다. 한데도 그는 지금껏 숨을 달고 있었다. 그것만으로도 사내는 온몸에 소름이 돋을 지경이었다.

"그래, 이제부터는 어찌할 셈인가."

"어쩌긴, 그 작자들에게 줄 것을 줬으니 받을 것을 받아내야지."

"그 작자들이란, 무림맹의 위선자들 말인가?"

"그래."

짤막히 대꾸한 사내가 이내 덧붙였다.

"나는 집으로 돌아갈 거다."

"집, 해동으로 말이군."

"그래."

"우습군. 그대 정도 능력을 지녔다면 천 리 길을 주파하는 것도 어려운 일이 아닐 터인데. 맹의 놈들에게 약점이라도 잡힌 것인가?”

“그런 건 아니지만…….”

사내는 나직이 혀를 찼다.

“지리의 문제가 아니라 시간대의 문제라서.”

“시간대?”

“역사, 혹은 시기의 문제랄까……. 하여간 그런 게 있어.”

천마는 피식 웃었다.

“이래저래 설명하기가 퍽이나 곤란한 모양이군.”

“당신네 사람들이 이해할 만한 얘기가 아니니까. 어쨌든 놈들은 내게 거부할 수 없는 제안을 했어. 댁한테는 미안한 일이지만.”

“미안할 것은 없다. 승리도 패배도 삶도 죽음도 무인이 짊어져야 할 업이니.”

천마는 윗부분이 박살 난 등받이에 몸을 기댔다. 사내는 긴장을 풀지 않은 채 그런 천마의 동태를 살폈다.

“본좌의 대업은 여기까지로군. 축하한다.”

“…….”

“집으로 돌아가면 무엇부터 할 생각이지?”

“가족들을 만나야겠지. 그리고…… 임무가 실패했다는 걸 보고해야겠고.”

"가족이라. 그리운 단어로군."

천마가 살며시 눈을 떴다.

"너는 맹 놈들의 부탁을 받아 본좌를 쓰러뜨렸다. 그렇다면 같은 이치로, 본좌의 부탁 또한 받아줄 수 있겠는가?"

"부탁이라고?"

사내는 미간을 찌푸렸다.

"미안한데 무림맹을 박살 내달라는 얘기라면 사양하겠어. 솔직히 나 혼자 해낼 법한 일도 아니고."

"지존 된 자는 자신의 숙원을 타인에게 맡기는 우를 범하지 않는다. 무림의 재편은 본좌의 숙원. 성공도 실패도 본좌 홀로 감내해야 할 일이다."

"그렇다면 부탁이라는 건 뭐지?"

"간단하다."

천마는 미약해진 호흡을 정돈하고는 엄숙히 말했다.

"천무(天武)의 맥을 이어달라는 것이다."

서기 2097년 7월 13일 토요일.

훗날 검은 안식일이라고 칭해지게 된 그날.

적도를 수직으로 가로지르는 흑색의 고리가 10,000㎞

상공에 나타났다. 그리고 지상 곳곳에서 '문'이 열리기 시작했다.

왜곡된 공간의 통로. 그로부터 모습을 드러낸 것은 이차원의 마수들이었다. 문자 그대로 갑작스러운 침공이 시작된 것이다.

집중적인 선제 타격을 받은 국가는 미국이었다. 차원의 문 중 70퍼센트 이상이 북미 대륙에 집중되어 있었고, 문을 통해 나타난 마수들 또한 가장 강력한 개체였다.

최초의 침공으로부터 한 달. 미 대륙의 절반은 초토화되었다. 대다수 인구가 밀집되어 있는 북동부 지역이 집중적인 공격을 받았고, 이내 서부와 남부도 그 뒤를 따랐다. 세계 최강을 자랑하던 미군 또한 예기치 못한 기습에 상부 조직이 붕괴되어 버렸다.

그렇게 시작부터 팔다리가 꺾인 채, 인류는 기나긴 전쟁에 돌입하게 되었다.

50년에 걸친 전쟁은 길고도 고단했다. 수많은 국가가 화염 속에 스러지고 억 단위의 인구가 죽음을 맞았다. 한때 150억에 달했던 지구 인류는 산산이 토막이 나 25억 미만으로 줄어들었다.

그럼에도 인류는 끈질기게 저항했다. 진보한 과학 및 군사력, 검은 안식일 이후 인류에게서 발현하게 된 이능력. 이에 힘입은 인류는 패색이 짙던 전쟁의 양상을 상당 부분 만회했다.

그 와중, 22세기도 후반을 향해 달려가고 있을 무렵, UN 연합군은 한 가지 정보를 입수한다.

—차원의 문들을 유지하는 것은 지구를 둘러싸고 있는 흑색의 고리. 그리고 이를 총괄하는 것은 북극점에 존재하는 차원의 문 하나.

이른바 최초의 문.

다른 문들과 흑색의 고리가 등장하기 전에 등장한 모든 것의 시발점이었다.

—그 문을 통해 천마(天魔)가 등장했다.

공식적인 명칭은 '아포칼립틱 데몬 로드(Apocalyptic Demon Lord)'.

모든 마수의 지배자.

그러나 쇠락한 미국을 대신하여 주도권을 잡게 된 중국의 입김이 크게 작용한지라 천마라는 이명 또한 자주 사용되었다.

그리고…….

-만일 천마의 등장을 막을 수 있었다면?

하나의 가설이 수면 위로 떠올랐다. 긴 전쟁에 지쳐 있는 사람들에게 구원이 되어줄 수도 있는 가설이.

이에 한중일 3국의 주도하에 한 가지 작전이 수립된다.

-시간을 거슬러 올라가 최초의 문이 열리는 것을 저지한다.

타임 슬립(Time slip).

22세기의 과학력으로도 아직 이론만이 세워져 있는, 위험하기 짝이 없는 시도였다.

그런 만큼 반발 또한 거셌다. 무엇보다도 가장 뜨거운 화두는, 과연 뒤바뀐 과거가 현재에 어떤 영향을 미칠 것이냐는 것이었다. 자그만 변화가 나비효과를 일으킬 수 있다. 어쩌면 현재보다도 더욱 끔찍한 상황이 도래하게 될지도 모른다. 그리고 무엇보다도 시간 여행 자체가 성공할 수 있을지 알 수가 없다.

—그러나 시도해 볼 만한 가치가 있는 도박이 아닌가?

비록 분전하고 있다고는 하나, 세계의 인구는 여전히 하락세를 면치 못하고 있었다. 게다가 달리 뾰족한 대안이 있는 것도 아닌 상황. 마수들은 여전히 대지 위를 횡행하고 있었다.

—이대로 있다간 인류는 멸망을 면치 못한다. 그렇다면 썩은 동아줄이라도 필사적으로 잡아봐야 하지 않겠는가?

작전은 그때부터 시작되었다.

UN 내에서 가장 강력한 능력을 지닌 사이킥(Psychic), 즉 이능력자들을 선발한다. 그리고 이들로 하여금 2097년 이전의 과거로 이어지는 타임 포탈을 통과하게 한다. 이를 수차례 시행함으로써 작전 실행이 가능한 인력을 확보, 최초의 문이 나타나기 전에 저지한다.

실로 조악하기 짝이 없는 작전 개요. 엄밀히 말해 발악이나 다름없는 미친 짓이었다. 그러나 이것이 미친 짓임을 알면서도 시도해야 할 만큼 인류는 절박한 상황이었다.

—우선은 시험 가동부터 해보면 될 터.

이에 각국에서 사이킥들이 선발되었다. 그러나 각국의 수뇌부 또한 머저리는 아닌바, 당연하게도 최고의 인재들은 배제했다. 강력한 능력을 지닌 사이킥이야말로 대마수 전쟁에 있어 가장 중요한 자원이었기 때문이다.

그 대신 선발된 것은 이른바 2군. 모자라진 않으나 크게 아쉬울 것도 없는 버림패였다.

대한민국 특무부 소속 사이킥인 적시운 역시 그중 하나였다.

2

“간단하네요. 국가의 자존심을 위해 죽으러 가라는 거 아닙니까.”

대한민국 소속 이능력 특무부 부장실.

적시운의 가시 돋친 대답에 특무부장 김무원은 얼굴을 굳혔다.

“감당하기 버거운 임무라는 것은 인정하네.”

“뭐 버거울 것까지야 있겠습니까? 그러니까 일단 남들도 지르는 마당에 눈치가 보여서 같이 지르긴 했는데, 최고급 인재들을 써먹기는 애매하니 2급 사이킥을 보내서 체면치레나 해야겠다는 거잖습니까.”

"자네의 실력은 특무부 내에서도 독보적일세."

"2급 중에서 말이지요."

무거운 침묵이 방 안을 감돌았다.

가히 하극상에 가까운 태도로 자신을 노려보는 적시운. 그러나 김무원은 이를 탓하지 않았다. 그가 적시운의 입장이었어도 그랬을 것이기에.

"강요하는 것은 아니네. 만약 받아들이기 싫다면……."

"받아들이지 않아도 상관없다. 그러나 지금과 같은 생활을 지속할 수는 없을 것이다. 맞습니까?"

"……맞네."

적시운은 이를 악물었다.

전 세계가 초토화된 가운데 대한민국이라고 예외일 순 없었다. 서울 및 6개 광역시에 나타난 도합 12개의 차원의 문. 그로부터 무시무시한 기세로 쏟아져 나온 마수들은 국토 전역을 짓밟았다.

지상은 전쟁터가 되었다. 수많은 시체가 폐허 위를 뒤덮었다. 이에 대한민국 정부는 한국전쟁 당시 만들어진 지하 벙커들을 확장하여 새로운 터전을 만들어냈다. 이른바 지하 도시의 등장이었다.

그리고 이곳은 현 대한민국의 행정 수도인 신서울 지하 도시. 물론 이름만 서울에서 따왔을 뿐, 실질적인 위치는 천안과 대전 사이에 위치해 있었다.

인구 50만 명이 거주 중인 공간이자 대한민국 최후의 보루 중 하나. 그리고 동시에…….

'가진 자들의 도시이기도 하지.'

돈, 권력, 혹은 그에 상응하는 무언가를 지닌 자들, 그런 이들에게만 허락된 곳이 이곳 지하 도시였다.

적시운의 경우엔 이능력이었다. 검은 안식일(Black Sabbath) 이후 인간에게서 발현되기 시작한 힘. 그날 이후 모든 것이 바뀌었다.

마수들이 나타났으며, 지상 곳곳에 차원의 문이 열렸으며, 전쟁이 시작되었으며, 지구를 두르는 흑색의 고리가 10,000㎞ 상공에 생겨났다.

이능력의 발현은 거의 유일하다시피 한 이로운 변화였다.

이능력자, 사이킥의 종류는 실로 다양했다. 기본적인 염동력에서부터 온도 및 물리 현상을 다루는 능력, 나아가 순간이동과 텔레파시에 이르기까지. 덕분에 사이킥은 삽시간에 대마수 전쟁의 선봉으로 우뚝 서게 되었다.

적시운 역시 그 능력을 인정받아 대한민국 특무부에 채용되었다. 문자 그대로 공무원이 된 것이다.

직급을 따지자면 6급 공무원. 그 능력을 십분 활용하여 지금껏 수많은 마수 사냥 작전을 수행해 왔다. 적시운의 가족

전부가 신서울 지하 도시에서 살 수 있었던 것은 오로지 그 덕분이었다.

"전 언제나 최선을 다해왔습니다, 부장님."

적시운은 감정이 드러나지 않는 어조로 말했다. 오히려 그 때문에 김무원의 입장에선 그의 감정이 더욱 절실히 와 닿았다.

"수원 구시가지에서의 기간틱 하운드 토벌 작전, 기억하십니까? 신서울 남부 방어선을 뚫고 들어온 구울 떼를 해치우던 때는요?"

"그래, 전부 기억하네."

"제 동생이 그때 어떻게 되었는지도 물론 아시겠고 말이죠."

"그건……."

"그 어떤 때에도 전 언제나 제 몫 이상을 해왔습니다. 아닙니까?"

"……."

"비록 능력치 자체야 뒤떨어지지만, 전적만 보자면 1급 사이킥들도 명함을 함부로 내밀지 못할 수준이라고 자신할 수 있습니다."

김무원은 침묵했다. 반박할 말이 없었기 때문이다.

"제가 뭐 대단한 애국자인 것도 아니고 어디까지나 살아남기 위해 발버둥 친 것뿐이긴 합니다만, 국가에 어느 누구보다도 이바지해 온 것은 사실이잖습니까?"

"물론일세."

"그런데 그 결과가 이겁니까? 자살 작전에 투입되라는 것 말입니다."

"……."

"부장님도 아시잖습니까? 우리들 박봉인 거. 여기서나마 아등바등 살아갈 수 있는 것도 공무원이기 때문이라는 거."

김무원은 지그시 눈을 감았다. 아무리 적시운의 말에 공감한다 한들 그로서는 상부의 명령을 거부할 능력도 권한도 없었다.

적시운도 그걸 알기에 더 몰아붙이지는 못했다.

"빌어먹을."

마수들의 창궐 당시 대한민국 행정부는 삽시간에 마비 상태에 빠졌다. 서울에 집중된 마수들의 공습은 청와대를 비롯한 수도 행정부 전체를 초토화시키고 말았다.

대통령마저 사망해 버린 전대미문의 사태. 그 와중에 생겨난 혼란을 수습한 것이 현재의 군사정부였다.

항시 전쟁에 대비 중인 휴전국답게, 한국군은 즉각적인 반격을 통해 1차적인 마수들의 공습을 막아냈다. 더불어 강력한 추진력으로 전후 수습에 나섰다.

그 뒤로 50년 가까이 이어진 전쟁 중에서도 한국은 상당히 선전한 편이었고, UN 내에서도 최상위에 속하는 발언권을 지니게 되었다.

그렇게 재편된 국가가 바로 지금의 대한민국. 군사정부는 입법, 사법, 행정의 삼권(三權) 전부를 손에 쥐고 있었다. 그런 체제하에서 명령 불복종이 의미하는 것은 하나뿐이었다.

그럼에도 적시운으로서는 질문을 던질 수밖에 없었다.

"명령에 따르지 않으면 어떻게 됩니까?"

"눈에 띄는 제재는 없을 것이네. 다만 차후 인사에 있어 불이익이 있겠지."

"제 예상이 맞다는 거군요."

"그건……."

적시운은 더 묻지 않기로 했다. 어차피 김무원 또한 중간직일 뿐이었으니. 그가 적시운의 삶을 보장해 줄 수도 없을 뿐더러 그를 보호해 줄 만큼의 힘을 지닌 것도 아니었다. 그 역시 윗사람들에게 휘둘리는 허수아비일 뿐. 거기에 대고 고함을 쳐 봐야 시간 낭비에 불과했다.

한동안 침묵하던 적시운이 말했다.

"생각할 시간을 조금만 주십시오."

“그 결과가 결국 이것이란 말이지.”

적시운은 나직이 중얼거렸다.

그의 눈앞에선 일종의 의식이 전개되고 있었다. 소림의 고승 108명이 동원된 술진. 숭산 소실봉 언저리의 공터에서 한창 전개되는 중이었다.

‘과거로의 이동이라.’

적시운은 내심 씁쓸히 중얼거렸다. 지원한 당사자이긴 했으나, 설마 정말로 성공할 줄은 꿈에도 몰랐다.

‘지나치게 성공해서 문제지.’

적시운을 포함, 총 20명의 지원자가 첫 실험에 투입됐다. 물론 말이 좋아 지원자일 뿐, 기실은 각국에서 차출한 모르모트에 불과했다.

그리고 그중, 이곳에 떨어진 것은 적시운 한 명뿐이었다. 타임 슬립이 성공한 것이다.

‘너무 멀리 와버렸다는 게 문제지만.’

도착한 곳은 9세기 중반의 중국 대륙. 무림이 존재하는 세계였다. 어째서 이곳으로 오게 된 것인지는 적시운 또한 알지 못했다. 애초에 그야 실험용 쥐나 다름없는 입장이었으니까.

'그리고…….'

인사불성의 적시운을 거둔 것은 소림의 승려들이었다.

시작은 그야말로 시궁창이었다. 현대의 중국어조차 모르는 적시운에게 있어 고대 중국어는 그야말로 외계어나 다름없었다. 게다가 의상 및 외관에서 상당한 차이가 있는 적시운을, 소림의 승려들 또한 의심하고 불신했다.

다행히 언어 문제는 금세 해결되었다. 임무 투입에 앞서 지급받은 PDA 장비에 언어 해독 기술이 첨부되어 있었던 것이다. 다국적 연합군의 특성상 생길 수밖에 없는 소통 문제. 이를 해결하기 위한 장비를 지급받은 것이 불행 중 다행이었다.

물론 언어의 변화에 따라 소실된 단어나 복잡한 표현은 해독이 불가능했지만, 그럭저럭 일상 대화를 나눌 수준은 되었다.

어렵사리 그들과 말문을 튼 적시운은 현시대와 상황을 대략적으로 파악할 수 있었다.

오랜 동면 끝에 마침내 준동한 천마신교.

그리고 이에 맞서는 절대 열세의 백도무림.

적시운은 자신의 신원을 대강 얼버무렸다. 어차피 시간 여행이란 개념을 이들이 이해할 수 있을 리도 만무했기에.

"나는 본디 천상계(天上界)의 존재인데 태상노군의 명을 여겨 지상으로 추방되었지. 음…… 그리고 노군께선 내가 인간들을 도와 큰 공을 세워야만 귀환할 수 있다고 하셨다."

조악하기 짝이 없는 이야기.

대충 기억나는 대로 아무거나 갖다 붙인 것이었다. 그러나 염력과 각종 장비들을 대강 보여주니, 무림인들은 크게 놀라며 적시운의 말을 받아들였다.

적시운의 능력을 확인한 그들은, 이후 그에게 한 가지 제안을 했다.

"우리를 도와 천마를 멸하여 주신다면, 귀하가 천상계로 돌아갈 수 있게끔 물심양면으로 돕겠소이다."

그게 가당키나 한 말인가? 과학을 통해 만들어진 포탈을 이들이 재현할 수 있을 리 만무했다. 설령 그 어떤 대단한 술법과 무공을 지녔다 한들 말이다.

그러나 의심에 찬 적시운에게 그들은 도저히 그냥 흘려 넘길 수 없는 말을 던졌다.

"보아하니 귀하께서 모습을 드러낸 장소의 기운이 특이한 형태를 이루고 있더구려."

"기운? 특이한 형태라고?"

"아마도 천상의 이치가 담은 일종의 술진처럼 보이더구려. 밀교나 사교의 것과 비슷한 듯하면서도 다른 것이, 과연 상계의 술법이다 싶었소."

"그렇다면……."

"어쩌면 우리가 그것을 재현할 수 있을지도 모르오."

"……!"

그 말을 믿어야 할까?

고민될 수밖에 없는 말이었지만, 적시운으로선 달리 다른 선택지가 있는 것도 아니었다. 이곳에 정착하고 살 것이 아닌 바에야 어떤 수단을 써서라도 돌아갈 방법을 찾아야 했기에.

그래서 적시운은 그들의 제안을 받아들였다. 천 년의 세월을 넘어 격리된 이방인으로선 다른 길이 없었기에.

'그리고 성공했다는 거지.'

딱히 성취감이 들지는 않았다. 머릿속엔 그저 집으로 돌아가고 싶다는 생각뿐이었다.

"천마를 멸해주신 데 대해 감사를 표하외다."

적시운은 고개를 들었다. 새하얀 수염이 배꼽 부근까지 늘어진 노승이었다. 소림의 주지승이라던 노인.

"그……."

"범화라고 하외다."

적시운은 대충 고개를 끄덕였다. 그다지 오래 안면을 튼 것도 아니었기에 그저 어색하기만 할 따름이었다.

범화 또한 그 사실을 아는지 빙긋 웃었다.

"부디 노군께서 귀하의 업과를 용서해 주시기를 바라리다."

"어, 음. 고맙군."

"한데 한 가지만 물어보아도 되겠소이까?"

적시운은 내심 긴장했다.

이 늙은이가 대체 뭘 물으려는 거지?

"혹 천마가 사특한 언변으로 귀하를 현혹하려 들지는 않았는지요?"

"……딱히."

적시운은 가까스로 대답했다. 최대한 동요를 드러내지 않으려 애쓰며.

'노인네, 눈치 한번 날카롭네.'

천마의 최후가 적시운의 뇌리를 스쳤다. 그리고 그가 적시운에게 건넨 마지막 제안 또한. 물론 이에 대해 입 밖으로 꺼내진 않았다.

"많은 이의 희생 끝에 천마는 죽었소. 내가 할 말은 그것뿐이오."

"흘흘, 그렇겠지요. 귀하의 업적은 무림 사서에 길이 남을 것이외다."

"굳이 그렇게 할 필요까진……."

쿠쿠쿠쿠!

굉음이 두 사람의 대화를 단절시켰다.

푸른빛과 붉은빛이 어지러이 섞인 광채가 사방으로 뿜어졌다. 타임 포탈. 적시운이 여행해 왔던 통로와 동일한 것이었다.

기겁을 한 고승들이 헐레벌떡 포탈로부터 멀어지고 있었다.

"……!"

벌떡 자리에서 일어난 적시운. 그러나 곧장 포탈을 향해 뛰어들지는 못했다. '만약'이라는 단어가 발목을 붙들었던 것이다.

'만약 저게 내가 왔던 미래로 이어지는 게 아니라면?'

집으로 돌아가지 못하게 될 수도 있다. 자칫하면 지금보다도 먼 과거로 떨어지게 될지도 모른다. 최악의 경우, 지구가 아닌 다른 곳으로 날아가게 될 가능성도 있었다.

'하지만……!'

지금 주저한다면 결국 평생을 이곳에서 보내야 할지도

모른다. 자신이 알고 있던 모든 것으로부터 영원히 격리된 채로.

선택의 시간.

하나를 택하려면 다른 하나를 버릴 수밖에 없다.

'그렇다면…….'

적시운은 포탈을 향해 걸음을 옮겼다.

남극에 위치한 최초의 문. 그 파괴를 목적으로 한 타임 슬립 작전. 첫 실험에 동원된 20명 전원이 포탈 너머로 사라졌지만 변한 것은 아무것도 없었다. 명백한 실험 실패. 이에 UN 수뇌부는 작전을 강행해야 하는지에 대해 격론을 벌이게 된다.

그 와중, 마수들 또한 가만히 있지는 않았다. 어떻게 그들이 낌새를 맡았는지는 아무도 모른다. 그러나 그들은 분명히 눈치챘다. 자신들의 근원이 파괴될 수도 있다는 사실을.

이에 한층 진화된 마수들이 나타났다. 그저 거대하고 강력한 몸뚱이만이 아닌, 전혀 예기치 못한 형태로.

이른바 '전뇌 마수(Electronic Beast)'의 등장이었다.

해킹이라는 형태의 공습이 시작됐다. 이는 빛의 속도로 이루어진 습격이었고, 문명의 태반을 잃은 인류로선 도저히 막아낼 방도가 없었다.

버려진 미국의 군사용 인공위성들이 해킹을 당했다. 이윽고 북미 대륙 각지의 핵미사일 격납고로 동일한 명령이 내려졌다. 그중 대다수는 파괴되거나 제거되었지만, 극소수의 격납고가 아직까지도 기동하고 있었다.

얼마 뒤 창공을 향해 치솟은 것은 93개의 핵미사일.

인류가 낳은 위대한 유산이 지구 곳곳을 향해 날아들었다.

붉고 검은 화염의 꽃이 대지 위에 피어났다.

적시운이 돌아가게 된 곳은, 그 이후의 세계였다.

3

"저, 당분간 출장 좀 나가 있게 될 것 같아요."

저녁 식사 시간.

적시운은 지나가는 투로 말을 꺼냈다. 달그락거리던 수저소리가 신호라도 한 듯 멈추었다.

"어디로 가는데?"

누나인 적수린이 물었다. 적시운은 시큰둥한 태도로 어깨를 으쓱였다.

"몰라, 군사기밀이래."

"기밀이라고 해도 너한테는 가르쳐 줄 것 아냐?"

"안 그래. 나도 까라면 까야 하는 입장이라서. 게다가 설령 그쪽에서 가르쳐 준다 해도 함부로 누설할 수 있겠어?"

"가족한테도 얘기 못 하니?"

"누나도 알잖아, 이 바닥."

적수린은 의심 어린 눈매를 가늘게 떴지만 남동생을 더 추궁하진 않았다.

"언제까지 다녀오게 된다니?"

어머니인 문하영의 질문.

적시운은 잠시 생각하는 척하다가 대답했다.

"대충 한두 달쯤……. 운 좋으면 더 일찍 끝날 수도 있고요."

"출발은 언제고?"

"아마 이번 주말이 되지 않을까 싶어요."

"갈아입을 옷가지라도 좀 챙겨놔야겠구나."

"옷은 그쪽에서 제공해 줄 거예요."

"치수도 안 맞는 옷이나 대충 던져다 주겠지. 나라에서 하는 일을 어떻게 믿니?"

"엄마 아들도 나라에서 일하는데요."

"그래서 더 걱정인 거란다."

식탁에서 일어난 문하영이 안방으로 향했다.

적시운은 새삼 심란한 마음에 시선을 내렸다. 접시 위에 올라 있는 것은 특수 제조된 돈육. 단백질 제공을 위해 유전자 조작을 가해 대량생산한 가짜 고기였다. 자연 사육한 고기에 비하면 맛은 상당히 떨어지는 편인데, 오늘은 아예 종잇조각을 씹는 느낌이었다.

"세연이는 보고 왔어?"

동생을 응시하던 적수린이 넌지시 물었다. 적시운은 접시에서 시선을 떼고는 고개를 저었다.

"아직."

"안 찾아가 보려고?"

"가 봐야 깨어나지도 않을 텐데."

"시운아."

"……."

적시운은 자신의 머리를 터뜨려 버리고 싶었다. 마지막 대화가 될지도 모르는데, 고작 이따위로 대답할 수밖에 없다니.

적수린은 애써 의연한 척을 하고서 말했다.

"간호사한테 들었는데 상태가 갈수록 호전되고 있대."

"그래?"

"응, 감염 인자는 완전히 사라졌고, 감염됐던 부분도 조금씩 회복되고 있다더라고."

"다행이네."

남매의 대화는 거기서 끊어졌다. 한동안 어색한 침묵이 식탁 위를 감돌았다.

한때는 네 식구가 식탁에 둘러앉던 시절이 있었다. 어머니와 누나, 여동생과 적시운. 아버지는 어릴 적에 세상을 떠났기에 얼굴조차 기억나지 않았다.

어머니는 세상이 초토화되는 중에도 억척같이 세 남매를 키워내셨다. 그 와중에 적시운이 B랭크 염동력 적성자로 판별됨으로써, 네 식구는 신서울 지하 도시에 입주하는 것이 허락됐다. 그리고…….

"너 말이야. 정말 괜찮은 거야?"

누나의 목소리에 적시운은 상념에서 벗어났다.

"항상 하는 일인데, 뭐. 어쨌든 나 없는 동안에도 급여는 나올 테니까 너무 걱정은 마."

"내가 지금 돈 걱정하는 걸로 보여?"

"말이 그렇다는 거지. 추가 수당도 제법 나온다니까 누나도 적당히 사고 싶은 거 골라서 사."

"됐네요. 세연이가 입원해 있는 마당에 어떻게 나 하나 좋자고 돈을 펑펑 쓰겠어?"

"그거 말인데."

적시운은 준비했던 말을 꺼냈다.

"조만간 세연이 시술 날짜가 정해지게 될 것 같아."

적수린이 움찔했다.

"정말?"

"응."

"하지만…… 지금까지 몇 번이나 신청했었는데도 번번이 떨어졌었잖아?"

"그랬지. 그래서 이번 기회에 제대로 요청하려고."

"네가 요청한다고 될 일이었으면 진즉에……."

"특진 기념으로 처리해 주겠대. 알다시피 누나 남동생이 워낙 능력자여야 말이지."

3년 전, 신서울 지하 도시를 겨냥한 차원의 문 개방이 일어났다. 차원의 문은 신서울 남부의 게이트 부근에 발생했고, 그로부터 대량의 구울 무리가 쏟아져 나왔다.

갑작스러운 습격에 남부 게이트는 1시간 만에 붕괴됐다. 썰물처럼 밀고 들어온 구울 떼는 남부 구역 곳곳을 파괴하며 날뛰었다.

적세연이 다니는 고등학교 또한 남부 구역에 속해 있었다.

"……."

적세연은 구울 인자에 감염됐다. 불행히도 하급 구울이 그녀를 할퀴고 지나간 까닭이다. 상처 자체는 생채기 수준에 불과했지만, 진짜 문제는 감염이었다. 다행히 빠르게 발견하여 조치를 취했지만 그녀의 의식은 깨어나지 않았다.

적세연과 같은 부상자의 숫자만 대략 천여 명. 치료하지는 못한 채 구울화만 겨우 억제하고 있는 실정이었다.

다행인 것은 최근에 치료제가 개발됐다는 점이었다. 구울 인자 제거 백신. 동물을 대상으로 한 임상 시험은 성공적이었다. 다만 문제는 대량생산이 어렵다는 것이었고, 자연히 고위층과 자산가의 가족들이 우선순위가 될 수밖에 없었다.

현재까진 16차례의 접종만이 이루어진 상황. 그리고 회복률은 100%를 기록하고 있었다.

원래대로라면 적시운네로서는 꿈도 꿀 수 없는 일이었지만…….

"정말 가능하겠어? 우리 세연이, 정말 치료할 수 있는 거야?"

"응."

눈물이 글썽거리는 누나의 얼굴을 보며 적시운은 단호한 얼굴로 대답했다.

"반드시 그렇게 될 거야."

"동생의 백신 접종 순서를 앞당겨 달라는 말이군."

"예, 최우선 순위로 당겨주십시오."

"우선 상부에 요청은 해보겠네만……."

"들어주지 않는다면 저도 안 합니다."

김무원은 미간을 찌푸렸다. 그러나 적시운은 눈썹 하나 꿈쩍하지 않은 채 말을 이어갔다.

"무리한 요청이라고는 생각하지 않습니다. 성공 가능성도 높지 않고, 성공한다고 해도 귀환 확률이 0에 가깝다는 걸 감안한다면 말입니다."

"……."

"충분한 수당과 백신 접종, 가족들의 안위만 보장해 주십시오. 그 이상은 바라지 않습니다."

성공 여부가 불투명한 자살 작전. 원치 않는다면 거부하면 그만이다. 그로 인한 불이익이 생긴다 한들 죽는 것보다는 나을 테니. 최악의 경우 지하 도시에서 쫓겨나게 되더라도 말이다. 살아남기만 한다면 어떻게든 길이 보일 테니까.

그럼에도 적시운이 결국 작전 수행을 받아들이기로 한 이유는 하나뿐이었다.

"동생은 이제 갓 고등학교에 진학한 미성년자입니다. 더 시간을 끌다간 영영 회복할 수 없게 될지도 모릅니다."

간호사는 나아지고 있다고 했다지만, 적시운은 그 말을 믿지 않았다. 진실을 알고 있기 때문이었다.

최초 감염자 천여 명 중 현재까지 목숨을 부지하고 있는 이들은 절반도 채 되지 않았다. 사망자 중 절반은 구울화가 진행되어 소각 처리되었고, 나머지 절반은 고열이나 조직 괴사 등으로 인해 사망했다.

'하루라도 빨리 백신을 접종시켜야 한다.'

우선순위에서 자꾸 밀리다간 여동생의 목숨이 위태로워질 터. 그러나 적시운에겐 접종 순위를 바꿀 만큼의 권력이 없었다. 그렇기에 이렇게나마 배짱을 부리는 수밖에.

김무원도 그걸 알기에 적시운을 꾸짖지 못했다.

"일단은 기다려 보게. 상부에서 조만간 답변을 해줄 것이니."

"알겠습니다."

이틀 뒤.

정부의 답변은 허무하리만치 간단명료했다.

–적시운 요원의 모든 요청을 승인한다.

'이렇게 간단히 들어줄 줄은 몰랐는데.'

적시운은 쓴웃음을 지었다. 이럴 줄 알았다면 조금 더 여러 가지를 요구할 걸 그랬구나 싶었다.

모든 일은 일사천리로 진행되었다. 적세연의 백신 접종이 최우선순위로 변경되었고, 적시운의 1계급 특진 및 추가 수당 입금 등의 절차가 연이어졌다.

"전부 거짓 없이 이행될 걸세. 내가 특무부장 자리를 걸고 책임지겠네."

김무원의 말에 적시운은 픽 웃었다.

"윗대가리들이 갑자기 마음을 바꾸더라도 말입니까?"

"……만약 그렇게 된다면 나부터 가만히 있지 않을 것이야. 목숨을 걸고서라도 이행하게끔 만들 걸세."

"말씀만이라도 감사합니다."

"내가 말로만 이러는 거라 생각하나?"

적시운은 고개를 저었다. 그가 알고 지내 온 김무원 특무부장은 누구보다 헌신적인 인물이었기에.

요즘 같은 시대에는 우스갯소리로나 전락한 국가에 대한 신념. 그것을 실제로 지니고 있는 몇 안 되는 인물이 바로 그였다.

그렇기에 적시운은 김무원 특무부장을 믿을 수 있었다.

"가족들에겐 이 사실을 얘기했나?"

"아뇨, 적당한 시기에 부장님께서 대신 얘기 좀 전해주셨으면 합니다."

"그러지. 자네 가족들의 안위는 내가 책임지겠네."

"……감사합니다."

국내에서의 절차가 끝난 다음 적시운은 곧장 열차 위에 올랐다. 러시아-중국-한국을 잇는 지하 철도. 지상이 마수들의 손아귀에 넘어간 현재로선 거의 유일한 국가 간의 연결고리였다.

여행에는 꼬박 사흘이 걸렸다. 도착지는 중국의 지하 도시인 신북경으로, 원래의 북경이 있던 곳으로부터 1,000㎞가량 떨어진 지하 도시였다.

그곳에 세워진 UN 소속 연구소에서 다음 절차가 이어졌다. 시간 여행에 대비한 각종 훈련 및 보유 장비에 대한 숙달 교육 등이 이루어졌다.

"대원들의 목숨 다음으로 중요한 것이 바로 이 녀석일 것이다."

일인당 하나씩의 PDA 장비가 지급되었다. 손바닥만 한 크기의 태블릿 PC였다.

"정식 명칭은 미네르바(Minerva). 전투를 제외한 거의 모든 행동에 이 녀석을 필요로 하게 될 것이다."

탑재된 기능은 총 20여 가지. 통역 및 해독 능력과 통신 및 정보 제공 등이 주요 기능이었다. 원래는 미 국방성에서 개발을 추진하던 물건으로, 지구 전역에 뿌려 놓은 군사위성으로부터 정보를 받아 제공하는 장치였다. 그것이 미국 붕괴

이후 중국으로 넘어가 약간의 개조를 통해 실용화된 것이다.

"초소형 태양 전지로 가동되는 만큼 반영구적인 수명을 지녔으며 내구도 또한 매우 높다. 그러나 총화기를 막아내거나 할 정도는 아니니 사용함에 있어 주의하도록."

미네르바의 숙달 및 기타 훈련에는 반년 가까운 시간이 소요됐다. 이후 자체적인 내부 심사를 거쳐 적시운을 비롯한 20인의 선발대가 편성됐다.

그리고…….

적시운은 포탈 너머로 몸을 던졌다.

우우우웅!

다색으로 빛나는 공간이 적시운을 집어삼켰다. 숭산의 경치도, 노승들의 모습도 삽시간에 사라져 버렸다. 남은 것은 적시운 본인의 몸뚱이, 그리고 사방으로 퍼져 나가는 빛의 회오리뿐.

콰아아아!

적시운은 몸을 휘감고 몰아치는 빛의 줄기를 생생히 볼 수 있었다.

'그날과 같다.'

신북경의 연구소, 그곳에 열렸던 포탈에 몸을 집어넣었을 때와 같은 현상. 사방을 향하여 추락하는 것만 같은 기묘한 느낌. 자신이 호흡을 하고 있는지조차 알 수가 없었다.

적시운은 눈을 감았다.

'집으로 돌아갈 수 있기를.'

수많은 상념이 머릿속을 맴돌았다. 가장 큰 것은 가족들에게 진실을 말하지 않은 데에 대한 후회였다. 그 뒤를 잇는 것은 역시 걱정.

'세연이는 괜찮을까? 정부는 약속을 제대로 지켰을까? 지하 도시가 공격받지는 않았을까?'

그리고…….

'나는 집으로 돌아갈 수 있을까?'

팟!

한순간 빛의 회오리가 사라졌다. 그와 동시에 적시운의 몸은 어느 한 공간을 향하여 빠르게 추락했다.

털썩!

빛이 사라지고 어둠이 찾아왔다. 대지의 차가운 감촉을 뺨으로 느끼며 적시운은 한동안 그렇게 널브러져 있었다. 사지가 마비된 듯한 느낌. 숭산에 떨어졌을 때와 같은 감각이었다. 그래도 이게 처음은 아니다 보니 제법 견딜 만했다.

얼마나 시간이 지났을까? 뻗어 있는 손끝이 움찔거렸다.

감각이 조금씩 회복되기 시작한 모양.

적시운은 참을성을 갖고 기다렸다. 이윽고 손끝뿐 아니라 양팔도 어느 정도 움직일 수 있게 되었다. 그 뒤로 몇 시간이 더 지났을 때, 적시운은 조심스럽게 눈을 떴다.

"……."

주변은 어두웠다. 밤인가 싶었으나, 이내 실내에 있다는 것을 깨달았다. 조심스럽게 팔을 뻗어 주변을 더듬었다. 얼마 지나지 않아 무언가가 손끝에 잡혔다.

'철근?'

분명했다. 콘크리트 부스러기가 덕지덕지 붙어 있는 이형철근. 그것을 확인한 순간 안도감이 뇌리를 스쳤다. 최소한 여기가 고대 시대는 아니라는 뜻이니까.

물론 아직은 안심할 수 없었다. 적시운은 냉정을 유지한 채 조심스럽게 품을 뒤졌다. 미네르바는 다행히 주머니 속에 꽂혀 있었다.

일단은 미네르바를 꺼내어 켰다. LED 화면으로부터 흘러나온 빛이 주변을 비췄다.

'무너진 건물의 잔해인가?'

아슬아슬하게 떨어져 있는 천장엔 수십 가닥의 철근이 가시덩굴처럼 삐져나와 있었다. 무심코 몸을 일으키지 않길 잘했다는 생각이 들었다.

잠시 주변을 살펴보니 한편으로 죽 이어지는 공간이 존재했다. 잠시 고민하던 적시운은 그쪽을 향해 기어갔다. 공간이 조금씩 넓어지는가 싶더니 희미한 빛이 보이기 시작했다. 끝에 다다르고 보니 어린아이가 지나갈 만한 틈 너머로 바깥이 보였다.

'그렇다면.'

적시운은 오른손을 뻗었다.

카가가각!

마치 드릴에 갈리듯 부서져 나가는 콘크리트 벽. 적시운의 손끝으로부터 뻗어 나온 무형의 힘, 염동력이 틈을 억지로 비틀고 박살 냈다.

이윽고 성인 남성이 지나가기에 충분한 공간이 확보됐다. 그 너머로 몸을 던지니 나타난 것은 지하 주차장.

"윽."

비릿한 냄새가 적시운의 코끝을 찔렀다.

'독? 아니면 가스?'

그 어느 쪽도 아니라는 것은 이내 깨달을 수 있었다. 냄새가 어디서 나는지 역시.

갈색으로 메마른 액체의 흔적이 몇 걸음 앞에 존재했다. 그 끝에 있는 것은 목이 잘린 시체. 그 위의 벽에 큼지막하게 휘갈겨진 글귀가 적시운을 반겼다.

Welcome to the Wasteland.

황무지에 온 것을 환영한다.

4

참수당한 시체 자체는 그리 기겁할 만한 게 아니었다. 이보다 험한 꼴이야 마수들을 상대하며 몇 번이고 봐왔으니까. 다만 이렇게 패기 넘치는 낙서까지 남겨진 경우는 처음이었다.

"애당초 미친놈들이 넘쳐 나는 세상이라지만."

현재로서 가장 필요한 것은 역시 정보. 적시운은 일단 시체부터 살펴보기로 했다.

"어디 보자……."

곧장 다가가 시체를 뒤지진 않았다. 부비트랩이 장치되어 있을 가능성이 높았기에. 오히려 저런 낙서를 휘갈겨 놨다는 게 우스울 따름이었다. 보통의 경우엔 자연사한 것으로 위장하는 경우가 많았으니까. 그리고 그런 위장에 속아 순진하게 다가간 사람들은…….

"콰광! 하는 거겠지."

적시운은 시체와 20m 이상의 거리를 유지했다. 엄폐물이 있다면 더 좋았겠지만 주변엔 몸을 가릴 만한 것이 없었다. 하는 수 없이 자세만 최대한 낮췄다.

"어디……."

염력을 발해 시체의 옷섶을 살짝 열어 보았다. 과연 예상대로 안주머니 쪽에서 뭔가가 반짝였다.

"트랩 와이어, 낚싯줄인가?"

그렇다면 이에 연결되어 있는 무언가가 있을 터. 일단은 조심스럽게 낚싯줄을 끊었다.

잠시 후 발견된 것은 수류탄이었다.

안전 클립만 제거한 채 시체의 아랫도리 속에 숨겨놓았는데, 옷섶을 조금만 거칠게 벌렸어도 안전핀이 뽑혀 나갔으리라.

적시운은 일단 수류탄을 챙겼다. 폭발물과 화기는 언제 어느 때나 제값을 하는 물건이었으니까.

더불어 옷가지의 일부분 역시 찢어서 챙겼다.

'생각보다 많은 용도로 사용할 수 있는 게 헝겊이니.'

그 외에 건질 만한 것은 없었다. 돈이 될 법한 것도. 아무래도 트랩을 장치한 장본인이 죄다 가져간 모양이었다.

"대체 어떤 녀석들이지?"

일단은 수류탄의 제원부터 살피기로 했다. 적시운은 특수 PDA인 미네르바의 스캐너를 작동시켰다.

[물품을 스캔합니다.]

미네르바의 모서리에서 붉은빛이 흘러나와 수류탄을 위아래로 훑었다.

[모델명: MKX-23.]

[지연신관식 파편 수류탄. 2054년 첫 생산. 이후 2061년에 미육군 보병의 기본 병기로 채택.]

“별 도움은 안 되는 정보인데.”

미군제 병기는 이를테면 공공재나 다름없는 것이었다. 과거에도 암거래 및 정부의 뒷거래를 통해 세계 전역에 퍼져 있었고, 검은 안식일 이후의 집중 공격으로 중앙 정부가 붕괴된 이후에는 그 경향이 한층 강해졌다.

미제 병기는 썰물 같은 기세로 전 세계에 퍼졌다. 그 물량은 실로 어마어마한 수준. 그나마 수량 면에서 비견이 될 만한 것도 중국제 병기가 유일했고 질적인 면에선 따를 자가 없었다. 당장 미네르바만 해도 그 내용물은 90% 이상이 미국제였다. 개발 완료 단계에 있던 물건을 중국이 마무리한 것에 불과했으니 말이다. 그만큼 미군의 기술력은 시대를 앞서갔던 셈이다.

"그렇긴 하지만……."

정작 그 미국은 어느 국가보다도 빠르게 붕괴됐다. 마수들의 기습적인 집중 공세에 의해. 이는 마수들이 단순히 지능 없는 야수가 아니라는 증거이기도 했다.

'가장 강한 자를 먼저 칠 정도의 지성을 지녔다는 뜻이니.'

최소한 마수 무리의 수뇌부는 인간에 필적하는 지성을 지닌 게 분명했다.

"천마도 마찬가지일 테고."

천마, 아포칼립틱 데몬 로드. 지상에 지옥을 불러온 존재. 그 정체나 상세한 정보는 거의 알려지지 않았다. 애초에 존재 자체가 반쯤은 상상에 불과했으니 말이다.

—이 모든 악몽의 시발점이 분명 존재할 것이다.

그러한 예상과 첫 공습 당시 위성을 통해 관측된 정보가 더해져 만들어진 가설이 바로 천마에 대한 것이었다.

"이젠 알 바 아니지만."

최소한 지금의 적시운에게 있어 중요한 것은 천마니 뭐니 하는 것이 아니었다.

'살아서 집으로 돌아간다.'

적시운의 목적은 오직 그것뿐. 그러기 위해선 우선 이곳의 위치를 파악하는 게 중요했다.

"어디 보자."

적시운은 다시 미네르바를 꺼내어 네트워크 접속을 시도했다. 미네르바와 연결되어 있는 미 군사위성에 접속할 수 있다면 현 위치 및 시간대를 확인하는 것도 가능할 터였다.

무림에 있을 적엔 당연하게도 접속이 불가능했다. 애초에 위성은커녕 전자기기 자체가 만들어지기 훨씬 전의 세계였으니까.

'하지만 지금이라면…….'

적시운은 기대감을 안고 미네르바의 화면을 응시했다.

[접속 불가.]

냉랭한 네 글자가 적시운을 반겼다. 기대감은 삽시간에 식어버렸다.

"어째서지?"

이유라면 여러 가지를 들 수 있었다. 일단 기상 상태 등의 자연적인 요인으로 인해 전파 방해가 일어났을 수도 있다. 아니면 누군가 인위적으로 네트워크를 폐쇄했을 수도 있고, 혹은 위성 자체가 파괴되었을 가능성도 없진 않았다.

"……."

적시운 고개를 좌우로 저어 불길한 생각을 떨쳐 냈다.

"일단은 당장 할 수 있는 것부터 해야겠어."

적시운은 시야를 주변으로 확장시켰다. 대략적인 느낌은 지하 주차장과 비슷한 공간이라는 것. 시체가 놓인 벽 옆면으로는 나선형의 길이 나 있었다. 아마도 위쪽으로 향하는 통로인 듯했다. 더불어 천장의 일부가 깨어진 틈으로 빛이 새어 들어오고 있었다. 그 빛은 절묘하게도 피로 쓰인 낙서를 비추고 있었다. 애초에 이것을 노리고서 저 부분에 시체를 가져다 놓은 모양. 천장의 틈 사이로 보이는 하늘은 눈이 시리도록 푸르렀다.

"그렇다면……."

적시운은 출구를 향해 걸음을 옮겼다. 무성한 수풀이 출구의 안쪽까지 침범해 있었다. 일단 오염된 지역은 아니란 점에서 안심이 되었다.

"하긴 그러니 시체 트랩을 갖다 놓는 놈들도 있는 거겠지만."

적시운은 밖으로 걸음을 떼었다.

출구를 나오니 보이는 것은 밀림. 문자 그대로 폐허나 다름없는 고층 빌딩들을 무성한 수풀이 감싸고 있었다.

"대부분의 지상 도시와 같은 모습인데……."

마수에게 파멸당한 도시의 최후는 대개 이러했다. 인간이 사라진 자리를 무성히 자란 수풀이 대신했고, 갖가지 짐승이 마음 놓고 사방을 뛰어다녔다.

특이하게도 마수들은 인간 외의 생명에겐 큰 공격성을 보이지 않았다. 배고플 경우에 짐승들을 잡아먹긴 했으나, 그 외에는 딱히 살육을 벌이진 않았던 것이다.

때문에 마수들의 준동은 자연의 심판이라는 의견마저 득세했을 정도였다. 환경오염으로 인해 신이 진노하여 마수들을 보내 징벌했다는 이야기. 물론 적시운은 그런 얘기는 딱히 믿지 않았다.

'신이라는 자가 인간의 내장을 빨아먹는 대형 기생충 따위를 만들었을 거라고는 생각하기 싫으니까.'

푸드드득.

먼 방향으로부터 숲새들이 떼를 지어 날아올랐다. 적시운과 얼마 떨어지지 않은 곳에서 누르스름한 빛깔의 짐승이 후다닥 스쳐 갔다.

"노루…… 의 변종인가?"

자세히 보지는 못했지만 그 짐승의 다리가 6개라는 것만은 확인했다. 어떻게 뛰어다니는지 신기할 정도.

마수 준동 이후 지구의 생태계는 완전히 변모했다. 이에 대한 원인은 크게 둘이었다.

'우선은 핵.'

전쟁 초창기, 마수들을 일거에 소탕하기 위해 다수의 핵병기가 사용되었다. 그로 인한 방사능은 지구의 생태계를 완전히 변화시켰다.

'그리고 블랙 링(Black Ring).'

블랙 링은 검은 안식일 이후 나타난, 지구를 둥글게 두르는 흑색의 고리를 지칭했다. 마치 토성의 그것처럼 블랙 링은 적도와 수직이 되는 형태로 지상 10,000km 고도에 나타났다. 그리고 그 이후부터 인간들에게서 이능력이 발현되기 시작했다.

'좋기만 한 일은 아니었지만.'

블랙 링은 상당수 인간의 유전자 배열을 변화시켰고, 그 대부분은 이능력자가 아닌 괴물이 되어버렸다.

"구울 같은 것들 말이지."

여느 마수들과 달리 구울은 본디 인간이었다. 때문에 원래대로 되돌리는 실험이 한때 시행됐었지만 실패로 끝났다. 그래도 그 실험 덕에 백신 생산도 가능해진 것이니 실패라고만 할 수는 없을 것이다.

'세연이 역시…….'

겨우 억눌러 놓은 감정이 다시금 수면 위로 떠올랐다.

"후우."

적시운은 고개를 가로젓고는 나직이 심호흡을 했다.

"감상에 잠겨 있을 때가 아니다."

지금 필요한 것은 행동. 이곳의 위치를 알고 집으로 돌아갈 수단을 마련하는 것이었다.

적시운은 우선 주변을 살피기로 했다. 도시 내부인 만큼 이곳의 정체를 알 만한 단서는 널려 있을 터였다.

바로 앞 모퉁이를 지나니 반으로 쪼개진 간판이 적시운을 맞았다.

「가게 정리. 반값 할인 중.」

녹슨 간판에 남아 있는 것은 영문으로 적힌 글귀.

적시운은 미간을 찡그렸다.

"영어권 국가인가?"

최소한 아시아 대륙일 가능성은 낮다는 의미. 결코 좋은 뜻은 아니었다. 현시점에서 항공기는 같은 무게의 다이아몬드보다도 귀했으니 말이다.

혹시나 하여 주변을 더 살펴봤다. 그러나 발견되는 단서들은 적시운의 추측만 강화시킬 따름이었다.

영어를 사용하는 국가, 하늘을 찌를 듯 치솟아 있는 고층 빌딩들, 그리고 어딘지 모르게 옛날 느낌이 강한 건축 양식.

"설마……."

물론 건축 양식은 그리 큰 문제가 아니었다. 마수 침공 이후, 대부분의 신도시는 지하에 세워졌던 까닭이다.

지상에 남은 도시들은 응당 21세기 중후반의 건축 양식을 따를 터. 따라서 이와 같은 모습이라 하여 이상할 것은 없었다.

"하지만……."

남아 있는 간판이나 물건들이 죄다 영어투성이라는 점은 문제였다. 이 정도의 마천루와 영어가 결합된다면 나오는 결론은 두 가지뿐이었으니까.

서부 유럽, 혹은…….

"북미 대륙."

탐사를 진행하는 사이 해가 서편으로 뉘엿뉘엿 저물기 시작했다. 동시에 적시운은 한동안 자신이 잊고 있던 것을 깨달았다.

꼬르륵.

"……이거 큰일인데."

기계가 작동하기 위해선 동력원이 필요하다. 마찬가지로 인간이 살아남기 위해선 먹을 것과 마실 것이 필요하다. 사나흘쯤 굶는다고 죽지야 않겠지만, 육체 능력이 심각하게 저하될 것은 불 보듯 뻔했다.

적시운의 무기인 염동력이야 정신력을 촉매로 발동된다지만, 체력과 무관하다고 할 수는 없었다. 육체가 건강해야 정신이 건강하다는 말도 있듯이 말이다.

그리고 물론, 식량 이상으로 중요한 것이 식수였다.

“마수보다도 두려운 것이 바로 탈수 증상이니까.”

그것은 초록색으로 뒤덮인 도시 한복판이라 하여 다르지 않았다.

“수풀이 무성한 걸 보니 지하수는 충분하다는 뜻인데.”

문제는 지하수가 지상으로 분출된 지점, 예컨대 호수나 연못 같은 게 있느냐는 것이었다. 설령 그런 게 존재한다고 쳐도 안심할 수 없었다. 방사능이나 기타 독소에 오염됐을 가능성이 있었기 때문이다.

“가장 좋은 건 정수를 거친 물일 테지만…….”

고민하는 사이 해가 빌딩 위에 걸리기 시작했다. 생각보다 빠르게 대지 위로 어둠이 퍼져 나갔다.

“마실 것 걱정할 때가 아니군.”

우선은 휴식할 장소를 찾아야 했다. 그나마 주변에 널린 게 건물이란 점은 다행이었지만…….

“안심할 순 없겠지.”

건물 안에도 위험 요소가 존재할 가능성이 컸다. 마수라든지, 야생동물이라든지, 혹은…….

"인간이라든지."

어떤 면에선 마수보다도 위험한 것이 인간이었다. 당장 몇 시간 전에 발견했던 시체 트랩만 봐도 알 수 있는 사실. 사회를 구성하던 체계가 붕괴되면 인간은 걷잡을 수 없는 괴물로 돌변하는 법이었다. 본인의 이기를 위해 얼마든지 타인을 희생시킬 수 있는 괴물로.

적시운은 그런 모습을 너무나도 많이 목격해 왔다.

"아무도 믿어선 안 된다."

스스로에게 들려주듯 다짐하고 나니 쓴웃음이 나왔다.

"어째 혼잣말을 계속 하게 되는걸."

일단은 가까이에 있는 건물부터 살피기로 했다. 유리창이 대부분 박살 난 까닭인지 건물 내부라 해도 찬 바람이 쌩쌩 불었다.

다행히 중간층에서 부서진 가구 몇 개를 발견했다. 적시운은 구석진 곳에 자리를 잡은 다음 가구들을 바람막이 겸 방패막이로 세워뒀다.

"불을 피우면 좋겠지만……."

적에게 위치를 들킬 위험이 컸다. 아쉬운 대로 오늘은 쪽잠을 청하기로 했다.

적시운이 빠져나간 지하 주차장.

횃불을 든 몇 개의 인영이 어슬렁거리고 있었다.

“아무것도 걸려들지 않은 모양인데.”

“미끼는?”

“잠시만.”

짧은 침묵이 흐른 뒤, 신경질적인 음성이 메마른 정적을 깼다.

“수류탄이 사라졌다!”

“사라졌다고?”

날카로운 안광들이 주변을 훑었다. 이윽고 인영 중 하나가 부서져 나간 벽의 틈새를 발견했다.

“누군가 이곳에 있었다. 마수의 짓은 아니야.”

“그년의 짓도 아니고 말이지.”

리더로 보이는 인물이 결론을 내렸다.

“신원 미상의 불청객이 주변을 활보하고 있다.”

5

“본좌의 부탁을 들어주겠나?”

익숙한 질문, 격전의 영향으로 엉망진창이 된 주변, 그 위를 덧칠하듯 뒤덮고 있는 피와 시체, 그 한가운데에서 적시운에게 손을 내미는 사내 '천마'.

"천무의 맥이라고?"

"그렇다."

만약 거절한다면?

그 질문이 목구멍 앞까지 치솟았지만 적시운은 애써 도로 삼켰다. 구태여 물어볼 것도 없는 질문이었기 때문이다.

천마의 생명은 꺼져 가고 있다. 더군다나 적시운에게 반격을 할 만한 여력도 의지도 천마에겐 없었다.

'내가 거절하면 그것으로 끝이겠지.'

그렇기에 적시운은 거절이란 말을 꺼낼 수가 없었다.

"그 천무의 맥이라는 걸 이으려는 이유는? 어차피 죽고 나면 모든 게 끝일 텐데."

"본좌가 남길 수 있는 유일한 유산이기에. 그저 그뿐이다."

"……나는 무엇을 하면 되지?"

"본좌의 손을 잡아라. 그 후에는 자연히 알게 될 것이다."

그러나 적시운은 선뜻 손을 내밀지 못했다. 이 와중에도 그의 머릿속을 채우고 있는 것은 의심이었다.

'정신 지배라도 걸려는 거라면?'

자연히 의심할 수밖에 없었다. 언제 어디서나 만약을 대비해야 살아남을 수 있었으니까. 그것이 대한민국의 2급 사이킥 적시운을 지금껏 생존하게 해준 원동력이기도 했고.

적시운의 의심을 읽은 듯 천마가 말을 보탰다.

"그대를 해칠 생각은 없다. 정 원한다면 본좌의 두 다리와 왼팔을 잘라도 좋다."

"두 다리와 왼팔이라고?"

"아무리 본좌라 해도 사지를 잃고 나서는 개미 한 마리 잡을 수 없을 테지. 지금과 같은 내상을 입었다면 더더욱."

"……."

"그래야 안심이 된다면 오른팔까지 자르라고 하고 싶지만, 그건 어렵겠군. 격체신진술(隔體神眞術)을 펼치기 위해 남겨 두어야 하기 때문이다."

"그게 무엇이기에?"

"간단하다. 본좌는 이 술법을 실시함으로써 그대에게 천마신공의 구결을 전수할 것이다. 물론 이를 체득하고 개화하는 것은 고스란히 그대의 몫이겠지만."

"내게 전수한다고? 하지만 어째서?"

"그것 외엔 달리 방도가 없으니까. 죽어가는 마당에 비급을 남길 수도 없으니 말이지."

적시운은 마른침을 삼켰다.

만약 천마의 말이 모두 사실이라면?

그러나 그렇지 않을 가능성 또한 분명히 존재했다. 하물며 조금 전까지 서로를 죽이려 들었던 사이라면 더더욱.

"웃기는군. 자신을 죽인 자에게 선물이라도 주겠다는 건가?"

"말했다시피 이건 선물도 무엇도 아니다. 그저 본좌의 삶의 흔적을 남기고 싶을 따름일 뿐."

천마의 눈이 미묘한 빛을 발했다.

"이 힘으로 무엇을 하든 그것은 그대의 자유겠지. 다만 그 행적으로써 본좌의 위명을 떨칠 수만 있다면, 본좌로서는 족할 따름이다."

"……미안하지만 그런 일은 없을 거야. 난 그저 집으로 돌아가고 싶을 뿐이니까."

"그건 그것대로 좋겠지."

"뭐야?"

"어차피 본좌는 곧 죽을 몸. 차후의 일에 대해선 관여할 바가 없다."

결국은 아쉬움 때문이란 걸까. 당사자가 아닌 적시운으로서는 그렇게 추측만 할 따름이었다.

'하지만…….'

인간의 육체 능력을 아득히 초월한 무림의 고수들. 그들을 추풍낙엽처럼 찢어발기던 강맹한 힘만큼은 적시운의 뇌리에 고스란히 각인되어 있었다.

'그런 힘을 지닐 수만 있다면.'

스멀스멀 피어나는 힘에 대한 욕망. 물론 의심과 의혹은 여전히 남아 있었다.

'하지만…….'

함정일 가능성과 마찬가지로, 그렇지 않을 가능성 또한 분명히 존재했다.

"선택은 네 몫이다."

천마는 더 이상 종용하지 않았다. 그저 눈을 감은 채 차분히 기다릴 뿐.

'내게 반격하기 위해?'

혹은 자신의 유산을 전달하기 위해.

그것을 의심하거나 신뢰하는 것은 천마의 말마따나 적시운의 몫이었다. 그래서 적시운은 선택했다.

"나는……."

한참 전에 깨져 유리 조각 하나 남지 않은 창틀 사이로 햇살이 부서져 내렸다.

이른 아침, 해가 뜬 지 얼마 되지 않은 시점. 적시운은 선

잠에서 벗어났다.

"흠."

몇 시간이나 잤을까? 제대로 숙면한 것은 1시간 미만이리라 생각됐다. 자는 내내 스치는 바람 소리에도 흠칫거리며 깨어나야 했으니 말이다.

'그런 것치고는 피곤하지 않으니 다행이라 해야 하려나.'

적시운은 일단 정신을 집중시켰다.

우우우웅.

반경 50m까지 퍼져 나가는 무형의 파장. 이것이 무언가에 부딪혀 굴절되거나 반사되는 형태를 통해 적시운은 주변 상황을 대략적으로 살피는 게 가능했다. 마치 잠수정의 소나(Sonar)처럼 말이다.

염동력, 사이코키네시스(Psychokinesis).

적시운이 지니고 있는 이능력이었다.

검은 안식일 이후 나타나게 된 초인류, 이른바 사이킥들이 발하게 된 이능력의 종류는 각양각색이었다. 염동력은 그중에서도 가장 흔한 편이었지만, 그렇기에 가치가 높은 능력이기도 했다.

'흔하다는 게 열등하다는 뜻은 아니니까.'

정신력이 구체화된 에너지. 이를 이용해 물체나 공간 자체에 힘을 가한다. 기본적인 작용 구조는 단순하나, 그렇기에 여러 형태로 응용하는 것이 가능했다.

지금 적시운이 하는 것처럼.

"흠."

주변에 감지되는 특이점은 없었다.

몸을 일으킨 적시운은 조심스럽게 창밖을 살폈다.

'이능력만으로는 모든 걸 알 수가 없으니.'

최대한 전개할 수 있는 감지망의 범위는 반경 100m. 그 안에서라면 날아다니는 파리의 움직임도 감지할 수 있었지만, 역시 시력에 비해선 범위가 좁다는 게 문제였다. 총화기의 경우엔 200m 너머에서도 타격을 가하는 게 충분히 가능했으니 말이다.

이건 마수들 또한 마찬가지. 세상엔 상상을 뛰어넘는 괴물이 너무나 많았다. 그런 이유로 적시운은 이능력을 맹신하지 않았다. 아무리 대단한 능력이라 한들 한계는 있는 법이었고, 무엇보다 이능력을 제외한다면 그 역시 보통의 인간에 불과했으니까.

"아니, 지금은 좀 얘기가 다르려나?"

적시운은 아랫배에 손바닥을 댔다. 그런 채로 호흡에 집중하니 뜨거운 무언가가 배 속에서 꿈틀대는 것이 느껴졌다.

"하단전, 내력……."

익숙하지 않은 단어들이 뇌리를 스쳤다. 천마가 펼친 격체신진술의 여파였다. 머릿속으로 전달된 것은 오로지 정보뿐. 천마 본인의 인격이나 의식 같은 것은 전달되지 않았다.

"정신을 지배당하진 않았다는 뜻이겠지?"

물론 아직 확신할 단계는 아니었다. 인격이나 의식이 적시운의 머릿속 깊은 곳에 잠들어 있을 가능성도 없지는 않았으니까.

"이건 너무 앞서 나간 거려나?"

쓴웃음을 지으며 중얼거리는 적시운이었다. 배 속의 기운, 이른바 내공은 머릿속 무공 정보와 함께 전달된 것이었다. 아마도 천마의 체내에 남아 있던 최후의 힘일 터.

격체신진술을 펼치고 난 천마의 육체는 그대로 가루가 되어 부서져 버렸다. 그 순간 적시운은 깨달았다. 자신이 천마의 무공에 대해 기억하고 있다는 사실을. 오래전부터 알고 있던 것인 양 말이다.

세외 사람들이 일컫기로는 천마신공. 천마 본인이 부르기로는 천무. 그 세세한 정보들이 구결이라는 형태로 적시운의 뇌리에 각인되어 있었다. 물론 머리로만 아는 것과 몸으로 체득하는 것은 별개의 문제겠지만.

"그래도 손해 볼 일은 아닌 것 같으니."

당장은 극히 미미한 기운일 뿐이나, 그것만으로도 피로와 허기가 눈에 띄게 줄었음을 느낄 수 있었다.

“마음 같아선 어디에 자리 잡고 수련을 하고 싶지만, 당장은 무리겠지.”

생각보다 굶주림이 덜하다 한들 완전히 사라진 것은 아니다. 갈증 또한 마찬가지.

“물과 음식을 구해야 해.”

되도록 최상의 컨디션을 유지할 필요가 있었다. 위기 상황에 제대로 대처하기 위해서라도 말이다.

“그 동네에서 뭔가 챙겨올 수 있었다면 좋았을 테지만.”

적시운은 처음 포탈을 넘던 당시 들었던 UN 소속 과학자의 설명을 떠올렸다. 포탈을 통과하는 동안 육체는 미립자 단위로 분해되었다가 재조립되는 과정을 거친다. 그것은 소지한 물품 또한 마찬가지. 대개 이 과정에서 육체 자체가 붕괴되거나 제대로 조립되지 않는다고 했다.

“그렇기에 특수한 코팅 과정을 거친다 했던가?”

적시운은 그 과정을 떠올리며 몸서리를 쳤다. 근 1개월 가까이 토할 것 같은 맛의 약품을 지속적으로 흡입해야 했던 까닭이다.

실제로 무림에 떨어졌을 당시 적시운이 지닌 것은 몸뚱이와 전투복, 미네르바가 전부였다. 코팅 작업을 거친 휴대 병기와 물품들도 있었지만 포탈 통과 과정에서 모조리 소멸해 버렸다. 그랬기에 귀환할 때에도 딱히 다른 것을 챙기지 않았다. 어차피 소멸할 거라 생각했기에. 하지만 이제 와서는 후회가 되는 것이었다.

"밑져야 본전인 건데 말이지."

뒤늦게 후회해 봐야 이미 지나간 일. 적시운은 아쉬움을 털어내고 건물 바깥으로 향했다.

"물이 있을 만한 곳은……?"

정부 요원으로 활동할 때 생존 관련 훈련을 받았던 적시운이었다. 그러나 그 훈련이란 것도 결국은 이론일 뿐. 현실과는 동떨어진 부분이 많았다.

애초에 밀림화된 도시라는 상황 자체가 적시운으로서는 처음이었다. 마수와의 전투라 해봐야 지하 도시나 터널 등에서의 싸움이 대부분이었던 까닭이다.

"뭐, 골머리 앓을 필요는 없어 보이지만."

적시운은 숨을 죽인 채 주변을 살폈다. 어제 확인한바, 밀림화된 도시는 갖가지 생물의 천국이었다.

'그 녀석들이 기계가 아닌 바에야…….'

어딘가에서 식수를 얻고 있다는 뜻. 분명 이 도시 안에는 충분한 식수원이 존재할 터였다.

투두두둑.

가느다란 넝쿨이 끊어지는 소리. 조금 떨어진 위치에서 노루 한 마리가 뛰쳐나와서는 어딘가로 달려갔다.

'아니, 저걸 노루라 할 수 있을까.'

어깻죽지라 해야 할 곳에 성인 상체만 한 칼날이 달려 있는 생물. 노루와 가재를 뒤섞는다면 저런 모습일까? 마치 동물과 마수의 중간 형태 같았다.

그렇더라도 살아 있는 생물인 것은 사실. 적시운은 적당한 거리를 유지한 채 그 뒤를 따랐다.

'칼날만 빼면 평범한 노루처럼 보이긴 한데.'

그렇더라도 방심할 순 없었다. 동물이든 마수든 외관만으로 판단할 수는 없는 법이었으니.

'인간 또한 마찬가지고.'

일례로 제주 자치구를 멸망으로 몰고 간 S급 마수의 경우, 인간과 비슷한 형상을 하고 있었다고 한다.

'어린 여자아이의 모습을 하고 있었다던가?'

그 외형으로 인해 마수인지 아닌지조차 의견이 분분했던 존재. 훗날 코드 네임 크림슨 메이든(Crimson Maiden)으로 불리게 된 인간형 마수였다.

저 노루 또한 같은 경우일 가능성은 충분했다. 초롱초롱한 눈으로 먹잇감을 유인해서는 역으로 사냥하려 들지도 몰랐다.

'아직 내 존재를 눈치채지 못한 것 같긴 한데. 혹은 알면서도 신경 쓰지 않는 걸지도 모르고.'

의심만 해서는 진전이 없을 터. 적시운은 일단 미행을 지속하기로 했다.

상황이 급변한 것은 바로 그 순간이었다.

콰과과앙!

적시운의 시점에서 좌측, 1㎞가량 떨어진 방향! 폭염이 나무들을 뚫고 하늘 높이 치솟았다. 그 서슬에 적시운이 뒤쫓던 노루가 후다닥 달아나 버렸다.

'쫓을까? 아니면…….'

미행을 지속하기는 이미 그른 상황. 게다가 폭발이 일어났다는 것은 여러 가지를 의미했다.

'내가 본 것과 같은 트랩이 터졌거나…….'

전투가 발생했거나.

타다다다다!

콩을 볶는 듯한 소리가 이어졌다. 자동화기가 내뿜는 소음이 분명했다.

"인간이라."

적시운은 미간을 찡그렸다.

'탄환을 아끼지 않고 마구 갈겨댄다는 건 그만큼 풍족하다는 의미지만…….'

뒤집어 말하면 상당한 규모를 지닌 무리라는 뜻이기도 했다. 그리고 그런 무리가 적시운에게 우호적일 확률은 그리

높지 않았다.

'사람 시체를 함정으로 써먹는 놈들이니.'

콰아아앙!

또 한 차례 폭염이 솟구쳤다. 이번엔 앞선 것의 배는 됨직한 규모였다. 적시운은 근처의 공기까지 후끈해지는 듯한 느낌에 질겁했다.

"젠장."

실제로 수십 미터를 날아온 불똥이 수풀 사이로 떨어져 타오르기 시작했다. 자칫하면 거대한 산불로 번질 수도 있는 상황.

"쳇."

적시운은 염력을 발해 불똥을 꺼뜨렸다.

'수류탄은 아니다.'

기술력의 발전을 감안하더라도 터무니없는 위력. 이 정도 화력을 내려면 수십 킬로그램 규모의 화약이 필요할 터였다.

"다이너마이트라도 터뜨린 건가? 그게 아니면……."

적시운의 음성이 잦아들었다. 이내 머릿속에서 또 다른 가능성이 고개를 쳐들었던 까닭이다.

마수, 혹은…….

"이능력자!"

6

짤막한 고민.

적시운은 폭발이 일어난 방향을 응시했다.

'지금 내가 지니고 있는 것은?'

옛날보다 약간 더 튼튼해진 몸뚱이, 국제 기준 공인 더블 B랭크의 염동력.

그걸로 끝이다. 미네르바는 정보 기기일 뿐 전투용은 아니었고 전투복 역시 큰 방어력을 기대하긴 어려웠다.

'반면 저쪽에 있을지도 모르는 것은…….'

상위 랭크의 화염술사, 혹은 그에 준하는 마수. 구경하러 다가가는 것조차 미친 짓이었다.

'게다가…….'

자동화기를 보유한 인간 측도 위험하긴 마찬가지였다. 시체에 트랩을 장치한 것이 그들일 가능성이 높았으니까.

'일단은 뒤로 빠진다.'

판단을 내린 적시운이 폭발이 있었던 곳과 반대 방향으로 걸음을 옮겼다. 그 와중에도 먼 곳에서는 폭음과 총성이 지속적으로 들려왔다.

'역시 상황을 파악할 필요는 있어 보이는데.'

숲을 벗어난 적시운은 근처에서 가장 높은 건물로 향했다.

대략 10층 높이의 빌딩. 최상단이 매끄러운 무언가에 잘린 것 같은 형태였다.

'아마도 마수가 습격한 흔적일 테지.'

일단은 최상층 적당한 곳에 자리를 잡았다.

쾅! 콰광! 콰과광!

수차례의 폭발 이후 고요가 찾아왔다. 전투의 여파로 숲 곳곳에 불이 붙은 상황. 이대로 두면 금세 산불로 번질 터였다.

'한데…….'

불이 차츰 꺼지기 시작하더니 대부분 소화되었다. 마치 누군가 인위적으로 끄기라도 한 듯이.

도시는 마치 아무 일도 없었던 것처럼 고요해졌다.

"뭐가 어떻게 된 건지 모르겠군."

적시운은 눈살을 찌푸린 채 주변을 둘러봤다. 여러모로 이상한 곳이었다.

"밀림화가 진행된 것치고는 마수가 거의 보이지도 않고……."

어떻게 보면 평화로워 보이기까지 했다. 그러나 조금 전의 전투만 봐도 평화와는 거리가 먼 것이 분명했다. 시체 트랩만 봐도 알 수 있는 일이긴 했지만.

"일단은 정보가 필요해."

어떻게든 인간들과 접촉해야 했다. 설령 그게 적대적이며 위험한 작자들이라 하더라도.

물론 준비 하나 없이 무턱대고 접촉할 순 없었다. 최소한 적시운 본인의 안전을 보장할 정도의 대비는 필요했다.

"어쨌든 당장은 함부로 돌아다니기 힘들겠어."

일단은 안전해질 때까지 기다릴 필요가 있었다.

'그러는 동안엔 뭘 하지?'

잠시 고민하던 적시운은 그늘진 자리에 주저앉았다. 기역자 형태로 벽이 무너져 있는 위치. 은신하기엔 안성맞춤인 장소였다.

정좌한 다음 눈을 감았다. 호흡을 가라앉히고 마음을 비웠다.

[무(武)의 근본은 곧 삶의 근본인 호흡. 운기토납(運氣吐納)은 생의 시작이자 무학의 첫걸음과도 같다.]

천마의 목소리가 머릿속에 울렸다.

마치 바로 곁에서 속삭이는 것처럼.

[세상은 곧 기운의 대해(大海)이다. 여기에 자아를 연결함으로써 그 거대한 힘을 조금씩 빌려오는 것이 운기조식의 요체다.]

적시운이 가진 것은 몸과 염동력뿐. 그러나 다시 생각해 보면 한 가지가 더 있었다. 성장의 가능성이 무척이나 큰 힘이 말이다.

'천마신공.'

무공은 어떤 형태로든 큰 도움이 될 것이 분명했다. 지금 당장이야 그리 큰 도움이 되진 않겠지만. 시간이 날 때마다 틈틈이 수련해서 나쁠 게 없었다.

[정신을 올곧게 하고 마음을 비운다. 흡기(吸氣)를 받아들여 내력과 함께 일주시킨다. 불순물은 솎아내어 토기(吐氣)와 함께 뱉어낸다.]

머릿속에 울리는 목소리를 따라 적시운은 차분히 호흡하기 시작했다.

성과는 그다지 크다고 할 수 없었다. 호흡하는 도중에 자꾸만 집중이 깨졌기 때문이다.

스치는 바람, 부식되어 떨어지는 시멘트 부스러기, 이따금 활개 치며 날아가는 새 떼. 그런 것들이 느껴질 때마다 흠칫

거리며 긴장하는 적시운이었다. 그러니 자연히 호흡이 깨질 수밖에. 배 속의 기운이 꼬일 뻔한 위태로운 순간도 여럿이었다.

"젠장."

땀으로 범벅이 된 채 중얼거리는 적시운이었다.

어쩔 수 없기는 했다. 사방은 위험투성이였고 안전이 보장되지 않은 상황이었으니까.

"첫술에 배부를 수는 없겠지."

그래도 성과가 아주 없는 것은 아니었다. 미약한 수준이나마 내력이 축적된 게 느껴졌으니 말이다.

"그야말로 개미 눈물만큼이지만."

더불어 내력을 일주시키는 것도 상당 부분 익숙해졌다. 물론 이것이야말로 기본 중의 기본. 걸음마나 다름없는 일이긴 했다.

"그래도 첫 시도에 이 정도면 성공적이지 않겠어?"

만족스럽게 중얼거리는 적시운의 머리 위로 붉은 햇살이 떨어졌다.

또다시 찾아온 저녁. 꼬박 반나절을 운기토납에만 소모한 것이다.

꼬르르륵.

배로부터 격한 신호가 들려왔다. 안전한 곳에서야 웃어넘길 일이지만 지금은 사정이 달랐다. 이것은 그야말로 위기 신호나 다름없었다.

“꼬박 이틀 동안을 굶었으니.”

입속 또한 바싹 말라 있었다. 사실 정말 위급한 것은 이쪽. 자칫하면 탈수 증상이 나타날지도 몰랐다.

“해결 방안을 생각해 뒀기에 망정이지.”

적시운은 건물 아래로 내려갔다.

저녁녘의 숲은 부산스러웠다. 곳곳의 수풀들이 흔들리며 내는 소리, 이름 모를 벌레와 동물들이 내는 소리가 합창하는 듯했다. 그중엔 분명 마수도 존재할 터. 적시운은 개의치 않았다. 위험을 무릅쓰지 않고서는 쟁취할 수도 없는 법이었기에.

파사삭!

익숙한 생물 하나가 총총걸음으로 지나갔다. 오전에도 보았던 칼날 달린 노루. 보아하니 이 숲에 상당한 숫자가 서식하는 듯했다.

‘거리는 대략 70미터.’

염동력의 유효범위는 100m. 가까울수록 강한 위력을 가할 수 있었다. 다시 말하자면 근접하지 않고서는 큰 위력을 기대하기 어렵다는 뜻. 70m라면 다리를 꺾는 것쯤은 가능할 것이다.

'보통의 노루라면.'

어깨에 큼직한 칼날을 달고 있는 녀석을 보통 노루라 생각해선 안 된다.

적시운은 조심스럽게 거리를 좁혔다. 다행히 노루는 눈치채지 못한 모양. 30m쯤 다가갔을 때, 적시운은 승부를 보기로 했다.

'지금!'

목표는 물론 무릎 관절. 일시에 네 다리 전부에 염동력을 가했다. 그와 거의 동시에 노루 또한 본능적으로 위기를 느낀 듯 몸을 뛰었다.

'쫓는다!'

적시운 또한 염동력의 궤도를 변경했다. 허공으로 튀어 오른 노루를 향해 무형의 파장이 화살처럼 쇄도했다.

콰직!

하나는 빗나가고 세 개는 적중했다. 노루는 피를 흩뿌리며 곤두박질쳤다.

키에에에엑!

노루는 괴이한 비명을 토하며 몸부림쳤다. 양어깨의 칼날이 발악하듯 땅을 긁어댔다. 그럴 때마다 상당한 양의 흙더미가 치솟는 게 보기보다도 힘이 굉장한 듯했다.

'더 접근하지 않길 잘했어.'

내심 중얼거리며 적시운은 재차 염동력을 가했다. 이번 목표는 허파. 내부에서부터 그대로 터뜨리니 노루의 몸이 축 늘어졌다.

'일단은 이곳을 벗어나자.'

소리를 듣고 다른 무언가가 접근할지도 몰랐다. 적시운은 급히 숲을 빠져나왔다. 염동력을 통해 노루의 사체를 끌어당기면서.

적당한 건물에 들어간 다음 상황을 살폈다. 다행히 추격해오는 생명체는 없는 듯했다.

"후우."

한숨을 내쉰 적시운은 노루의 사체를 내려다봤다. 완전히 숨이 끊어진 듯 미동조차 없었다.

"고작 노루 하나 잡는 데에 이 모양이라니."

헛웃음이 절로 나왔다. 긴장이 풀리자 허기와 갈증이 다시 엄습했다. 더불어 비릿한 피 냄새가 코를 찔렀다. 식욕이 동한다고 하기는 어려운 상황.

"그래도 어쩔 수 없겠지."

일단은 미네르바를 꺼내 들었다. 간단한 조사를 위함이었다. 변형된 생명체나 마수의 경우 체내에 독소나 방사능이 쌓여 있을 가능성이 높았다. 그걸 그대로 섭취하는 건 자살행위. 사전 조사가 필수였다.

핏방울 하나를 덜어내어 미네르바의 위에 올려놓았다. 얼마 지나지 않아 화면 위로 수치가 나타났다.

[방사능 수치: 유효 수치 미만.]

[인체 유해 요소: 발견되지 않음.]

먹어도 죽진 않는다는 소리였다.

철퍽!

적시운은 노루의 목덜미에 상처를 낸 후 얼굴을 처박았다. 피의 맛은 비리고 짭짤했다. 아주 좋다고 하기는 어렵지만 그럭저럭 삼킬 수 있을 만한 수준. 무엇보다 허기가 질 대로 진 상황인지라 뼈째라도 씹어 먹을 수 있을 것 같았다.

충분히 피를 마시고 일어선 적시운은 온통 피투성이였다. 그래도 갈증과 허기를 모두 해결한 것은 다행이었다.

"고기도 충분히 확보했고."

염동력을 가해 적당히 살코기를 잘라냈다. 얼마 잘라내지도 않았는데 족히 5kg가량의 살점이 나왔다.

"이걸 어떻게 한다?"

보존성을 생각하면 훈연하는 것이 정답일 터였다.

"불을 피워야 한다는 게 좀 걸리긴 하는데……."

적당히 빛을 가려주면 해결될 일. 밤으로 접어드는 시점이니 연기가 발각될 가능성도 낮았다.

위이이잉!

갑자기 미네르바가 작동음을 토했다. 이윽고 기계적인 여성의 음성이 들려왔다.

[정보 위성에 접속합니다.]

[모델명: ODIN-231.]

[소속은 노던 아메리칸 엠파이어(Northern American Empire).]

"뭐?"

적시운은 자기도 모르게 반문을 뱉었다. 갑자기 위성에 접속된 것은 그리 놀랄 일이 아니었다. 기상 상태나 네트워크 상태 등의 문제로 뒤늦게 접속되는 경우도 많았으니.

이상한 점은 위성의 소속.

"노던 아메리칸 엠파이어. 북미 제국이라고?"

난생처음 들어보는 이름이었다.

미국은 검은 안식일 이후 가장 먼저 멸망했다. 전체 마수 중 70퍼센트 이상이 집중된 공격은 세계 최강의 국가를 삽시간에 마비 상태로 만들었다. 마치 너희가 가장 강하다는 것을 알고 있었다는 양.

마수들은 놀랍게도 핵병기가 보관된 특수 격납고를 노렸

고, 미 본토 곳곳에서 핵 구름과 화염이 솟구쳤다. 그로써 미국이란 국가는 사실상 끝장이 났다.

그 이후의 일은 거의 알려지지 않았다. UN 측에서도 조사를 해보려 노력했으나 대부분 허사로 돌아갔다. 상공은 방사능 구름으로 뒤덮였고, 그 내부를 확인하러 파견된 조사단은 돌아오지 못했다. 북미 지역은 사실상 고립되어 버렸다.

"그렇게 알고 있었는데……."

사실은 그게 아니라는 것일까? 가능성이 전혀 없지는 않았다. 인간의 생명력은 생각보다 질겼으니까. 그 엄청난 전쟁의 여파 속에서도 살아남은 사람들은 분명 존재할 터.

게다가 미국이란 국가의 저력을 고려한다면 생존자들이 집단을 구성했다는 게 영 이상한 일은 아니었다.

"그리고 자기네 집단을 제국이라 규정했다는 건가."

어쨌든 뒤늦게나마 접속이 된 것은 불행 중 다행이었다. 정보 위성이 지닌 데이터는 그야말로 방대했으니까.

"우선은 시간대."

지금이 서기 몇 년인지, 떠난 이후로 얼마나 시간이 지났는지 알 필요가 있었다. 키워드를 입력하자 미네르바의 화면 위로 활자가 떠올랐다.

[오늘은 제국력 32년 6월 3일입니다.]

"제국력?"
그딴 건 알 바 아니었다.
"서기로는 몇 년인데?"

[정보가 없습니다.]

"개소리! 서력기원으로 몇 년이냐고. 예수가 태어난 해로부터 몇 년이 흘렀냐고!"

[정보가 없습니다.]

적시운은 하마터면 미네르바를 내던질 뻔했다. 왈칵 솟구쳐 오른 분노에 자기도 모르게 이를 악물었다.
"빌어먹을."
기본 중의 기본인 연도에 대한 정보가 삭제됐다. 위성을 장악한 자들이 뭔가 수를 썼다는 뜻이었다. 이유는 알 수 없었다. 알고 싶지도 않았고.
일단은 화를 삭이고 다음 정보를 구하기로 했다.
"이곳의 위치는?"
약간의 시간 소요 후, 화면 위로 큼직한 지도가 나타났다. 아메리카 대륙 전도.

미 영토의 남서부 지역에 작은 광점이 찍혀 있었다.

"……씨발."

적시운은 머리칼을 움켜쥔 채 주저앉았다.

직선거리만으로도 족히 10,000㎞ 이상, 세계에서 3번째로 큰 국가, 두 개의 대양을 사이에 둔 너무나도 먼 곳. 지구 정반대 편에 던져진 것이다.

"씨발!"

다시 한번 욕설을 토했다. 그래도 터질 것 같은 가슴은 쉬이 진정되질 않았다. 천 년이 넘는 세월을 뛰어넘어 돌아왔더니 하필 지구 반대편에 내동댕이쳐졌을 줄이야.

"후우우."

일단은 길게 숨을 토하며 마음을 진정시켰다.

"괜찮아. 처음부터 쉬울 거라고는 생각하지도 않았잖아."

가족들에게 돌아간다.

적시운은 오직 그것만을 생각하기로 했다.

겨우 마음을 진정시켰을 즈음, 미네르바의 화면엔 새로운 글귀가 떠올랐다.

[구버전 운영체제를 사용 중입니다. 새 버전으로 업데이트하시겠습니까?]

"……그래."

언제 위성과의 접속이 끊어질지 알 수가 없는 일. 받을 수 있을 때 정보를 취해둘 필요가 있었다. 로딩 화면을 응시하는 적시운의 눈빛은 어느새 냉정을 되찾은 뒤였다.

"반드시 돌아가고야 만다."

집으로.

제2장
폭염의 마녀

1

업데이트된 데이터는 대부분 마수 및 생명체에 대한 것. 명칭 자체는 북미 제국 측에서 임의로 정한 듯했다. 예컨대 적시운이 잡은 생물의 이름은 블레이드 디어(Blade Deer). 생김새와 제법 어울리는 이름이었다.

"E등급의 생물이라는 건데……."

척 봐도 낮은 등급. 비교적 자주 조우하는 마수인 구울의 랭크가 D임을 참작하면 그리 위험한 편은 아니었다.

"그렇다고 방심할 순 없지만."

정작 그 구울들에 의해 신서울 방어선이 허무하게 뚫렸었다. 머릿수엔 답이 없었던 까닭이다.

"세연이는 괜찮을까."

적시운의 얼굴이 절로 우울해졌다.

"이럴 줄 알았다면 떠나기 전에 얼굴이라도 한번 볼 걸 그랬어."

미련이 남을까 봐 일부러 면회를 신청하지 않았다. 신청했다 한들 죽은 듯이 누워 있는 모습만 보고 왔을 테니.

하지만 상황이 이렇게 되고 나니 그러한 사소한 결정들이 자꾸만 후회되는 것이었다.

"쳇."

적시운은 고개를 휘휘 저어 상념을 떨쳐 냈다. 이윽고 미네르바의 화면을 뚫어져라 노려봤다.

[번식력이 높고 육질과 맛이 좋아 식용으로 가치가 높다.]

"잘됐네."

일단은 마른 가지와 잡동사니를 긁어모았다. 훈제 방식을 잘 알지는 못했지만, 다행히도 미네르바의 데이터에 포함되어 있었다. 그것을 보고 따라 한다면 어찌어찌 될 듯했다.

"그 전에 먼저 자리부터 옮겨야겠지만."

이미 피 냄새가 자욱이 퍼진 상황. 이 마당에 불까지 피우면 날 잡아 잡수라고 광고하는 꼴이었다.
다행히 주변에 널리고 널린 것이 폐건물과 엄폐물이었다. 적시운은 도심 안쪽으로 자리를 옮겨 불을 피웠다. 미네르바가 보여주는 그림을 따라 훈연 장치를 만들고 그 위에 블레이드 디어의 살점을 올렸다. 불빛이 새지 않도록 주변을 막는 일도 철저히 했다. 냄새가 퍼지는 것까진 막지 못할 테지만 최소한 이쪽의 위치가 바로 발각되는 일은 없을 터였다.
그러고 나니 생각이란 걸 할 만한 짬이 생겼다.
"일단은 하나씩 계획을 수립하자."
궁극적인 목표는 한국, 신서울 지하 도시로 돌아가는 것.
그러기 위해선 항공기, 비행 수단이 필수였다.
"대륙이야 어떻게든 가로지를 수 있다지만 바다는 그럴 수가 없으니까."
서쪽으로는 태평양, 동쪽으로는 대서양.
두 대양이 미국과 한국 사이를 가로막고 있었다.
"배를 타는 건…… 역시 어렵겠지."
오히려 육지보다도 위험하면 위험했지, 안전하진 않은 곳이 바다였다. 육상 마수를 능가하는 대형 마수가 바글거리는 곳이 바로 바닷속이었다.
인간의 한계를 넘어선 이능력자라면 얘기가 다르긴 하다. 예컨대 S급 이상의 염동력자라면 대양을 건너는 내내 능력을 유지할 수 있을 테니.

하지만 적시운에겐 꿈같은 일이었다.

"경공을 펼친다면?"

적시운의 머릿속엔 천마신공에 대한 구결이 심겨 있었다. 더불어 그 대략적인 능력 역시.

[대성할 경우 강호전토를 동에서 서로 한 걸음에 가로지를 수 있나니.]

다만 여기에도 문제가 있었다.

"대체 어느 세월에?"

이제 갓 천마신공의 걸음마를 뗀 적시운이다. 그리고 대성이라 함은 무공이 지닌 정수를 완전히 깨우친다는 것. 게임으로 치면 최고 레벨, 만렙이란 뜻 아닌가. 천마의 나이로 가늠해 보건대, 이는 족히 수십 년의 수련이 필요한 일로 보였다.

"혹은 그 이상이 걸릴지도 모르고."

소림의 늙은이들이 귀에 딱지가 앉도록 떠들던 말이 있었다. 천마는 무림 역사 천 년을 통틀어 최고의 기재라는 것.

"그런 작자가 다다른 경지에 오른다는 것은 곧……."

역사상 최고의 재능을 지닌 인간이, 그만한 시간과 노력을 투자해야만 가능하다는 뜻이 아닌가. 그걸 기다리느니 비행 수단을 찾는 것이 빠를 터였다.

"어떻게든 항공기를 확보해야 한다."

적시운은 결정을 내렸다. 역시 이것이 가장 확실하면서도 그나마 안전한 수단이었다.

"문제라면 역시 항공기 구하기가 하늘의 별 따기라는 건데."

마수들은 땅과 바다, 하늘을 가리지 않고 존재했다. 대마수 전쟁 초창기에 공군이 쉽게 무력화된 것 역시 이에 기인했다. 항공기야말로 인류가 지닌 과학력의 끝. 총화기와는 달리 아무나 보유할 수 있는 게 아니었다.

"지금으로서 가능성이 높아 보이는 건……."

역시 노던 아메리칸 엠파이어, 북미 제국이었다.

언어는 문제가 되지 않았다. 미국 멸망 이후에도 영어는 여전히 세계 공용어였고 대부분의 전자 기기를 다루기 위해 필수였던 것이다.

적시운 또한 어느 정도의 영어 교육은 받아두었다. 기본 회화는 출장 임무가 많은 특무부 요원으로서 필수이기도 했고.

게다가 미네르바 자체의 번역 기능도 건재한바, 영어로 소통하는 것은 어려울 게 없었다.

"정보 위성을 확보한 걸 보면 기술력은 갖췄다는 뜻이겠지."

적시운은 턱을 괴었다.

"그쪽에다 연락하고자 한다면 할 수는 있지만……."

다목적 PDA인 미네르바에는 당연하게도 통신 기능 역시 탑재되어 있었다. 위성 네트워크에 접속이 가능하다는 것은 서로 간에 연락하는 것도 가능하다는 뜻. 지금이라도 발신한다면 제국 측에서 수신할 수 있었다.

"하지만 그럴 순 없지."

아직 저들이 어떤 존재인지 파악조차 못 했다.

아군인지 적인지, 선한지 악한지조차도.

설령 선한 존재라 한들 무턱대고 연락할 순 없었다. 선량한 자들도 필요에 따라선 얼마든지 무자비해질 수 있다는 걸 알고 있기에.

"이 세상은 그런 곳이니까."

때문에 네트워크에 접속한 동안에도 이쪽 데이터는 전송하지 않았다. 접속 또한 데이터 갱신이 끝나자마자 끊었고.

"어느 누구도 내 편이라고 봐서는 안 되겠지."

나직이 중얼거리는 적시운이었다.

훈제 작업을 끝낸 고기들은 헝겊으로 감싸 허리춤에 매었다. 헝겊은 시체의 옷가지에서 뜯어낸 것이었다.

"좀 찝찝하기는 하지만……."

달리 쓸 만한 도구가 없으니 어쩔 수 없었다. 사실 찝찝한 것보다 문제인 것은 병균의 유무. 부패한 시체라면 갖가지 균을 옮길 수도 있었다. 다행히 미네르바로 스캔해 보니 별다른 위험 요소는 없었다.

불씨를 꺼뜨린 적시운은 다시 자리를 옮겼다.

"우선은 북미 제국이란 집단에 대해서 먼저 알아봐야겠어."

이 경우만큼은 미네르바도 믿을 수 없었다. 네트워크를 북미 제국 측이 장악한 까닭에 이에 관련된 정보는 온통 찬양 일색이었던 것이다. 결국 미네르바 외의 수단으로 정보를 수집해야 한다는 뜻이었다.

"그러려면 역시……."

기타 생존자들과 접촉하는 것이 최선. 적시운이 보기에 이 구역엔 최소한 둘 이상의 인간 집단이 존재했다.

"시체 트랩을 만든 놈들, 그리고 그놈들과 대립 중인 놈들."

트랩은 분명 인간을 대상으로 한 것이었다. 시체 위 벽에다 적어놓은 낙서만 봐도 알 수 있는 사실.

"문제는 어느 쪽과 접촉하느냐는 건데."

인도적 관점에서 보자면 답은 분명할 것이다. 시체 트랩을 설치하지 않은 쪽일 터. 그러나 이런 시대에 인도적 관점 따윈 한 조각의 빵보다도 의미가 없었다.

마수에 의해 파멸당한 세계. 그 속에서 도덕과 인간성은 사치에 불과했으니까.

그렇기에 적시운의 결정은 순전히 합리적 측면에서 이루어졌다.

"우선은 접촉하기가 보다 편한 놈들이겠지."

방법은 생각해 두었다. 이미 오래전부터.

중요한 것은 타이밍이었다.

"또 그놈이다!"

시체 주위에 서너 명의 일행. 그 외 네다섯 명의 인원이 주변을 경계하고 있었다.

"이걸로 몇 번째지?"

"일곱…… 아니, 여덟 번이다."

"수류탄 8개를 눈 빤히 뜨고 빼앗겼단 뜻이군. 빌어먹을!"

그들의 발치에 놓여 있는 것은 성인 남성의 시체. 죽은 지

사흘밖에 되지 않아 부패는 크게 진행되지 않았다. 물론 그 사실은 그들이 누구보다도 잘 알고 있었다. 죽인 것이 바로 그들이니까.

“정말 그년의 소행은 아닌 건가?”

“절대 아냐. 그년이었다면 시체를 내버려 뒀을 리 없어. 가져가 매장하든지 화장했을 테니.”

“그럼 그년과 한패라거나……?”

“병신 같은 새끼야! 그년이랑 같은 편이었음 시체를 내버려 뒀겠냐고!”

“큭!”

욕설을 들은 사내가 욱해서는 이를 악물었다. 그러나 차마 상대방에게 대들지는 못했다. 몸집만 해도 머리 하나는 차이 나는 데다 상대방이 근육질인 데 반해 이쪽은 멸치나 다름없다. 더군다나 무기를 다루는 솜씨마저 떨어지는 형국. 싸워 봐야 본전도 찾지 못할 것이 분명했다.

윽박지른 사내는 싸늘하게 웃었다.

“왜, 해보려고? 눈 뜬 꼬락서니가 딱 그 짝인데.”

“……아니, 아니야. 불만 없어.”

“그럼 닥치고 네 할 일이나 해! 얼른 나가서 빌어먹을 수류탄 도둑놈이나 찾으라고!”

“알았다고.”

닦달을 당한 왜소한 체격의 사내가 터덜터덜 멀어졌다.

근육질 사내와 일행은 그 모습을 보며 낄낄거렸다.

"……개 같은 새끼."

적당히 멀어진 다음에야 중얼거리는 사내였다. 그마저도 혹여나 들릴까 봐 목소리를 최대한 낮춘 채였다.

경계를 서던 일행이 사내를 돌아봤다.

"어디 가는 거야?"

"오줌!"

괜한 데다 화풀이하듯 소리친 사내가 건물 모퉁이 쪽으로 빠졌다. 어차피 위험할 것은 없었다. 오늘은 마수들의 사냥일도 아니고 빌어먹을 마녀가 나타나는 날도 아니었으니까.

"그 도둑 새끼는 코빼기도 비치지 않고 말이지."

사내는 한쪽 콧구멍을 막고는 팽 하고 코를 풀었다. 이윽고 바짓단을 내리고 벽 앞에 섰다. 유일한 무기인 소총은 벽에 비스듬히 세워뒀다. 자칫 오줌이 튈까 봐 적당히 거리를 벌리고서.

뾰족한 뭔가가 등 뒤에 닿은 것은 바로 그때.

"……누, 누구?"

"그 도둑 새끼."

"……!"

온몸의 털이 곤두서는 기분.

등 뒤의 목소리가 곧바로 이어졌다.

"소리치면 터뜨려 버린다. 위아래 전부."

사내는 그게 무슨 소리인지 묻지 않았다. 위는 몰라도 아래는 뭔지 알 것 같았기에.

"워, 원하는 게 뭐야?"

"이 근방의 정보."

"정보라고?"

사내는 당황했다. 그가 아는 정보라고는 오늘 저녁 메뉴 따위가 전부였던 것이다.

"나, 나, 나는……."

"쥐뿔도 아는 게 없겠지. 어차피 네놈은 말단 끄나풀에 불과하니."

"그, 그럼 왜……."

"생각 없이 일행으로부터 떨어져 나올 정도의 머저리를 기다렸지. 그리고 네가 걸렸고."

"……."

"너희 대가리와 얘기하고 싶다. 그렇게 전해. 만날 장소는 차후에 전하지."

"우, 우리 대장하고?"

"그래."

"하지만 대장이 그 말을 들을지……."

"좋을 대로 하라고 해. 난 아쉬울 게 없어."

"……장소는 어떻게 전하겠다는 거냐?"

"네놈들이 잘하는 짓 있잖아. 시체를 확인해."

퍽!

말을 마치자마자 관자놀이를 강타하는 일격.

사내는 오줌 웅덩이 위로 고꾸라졌다. 적시운은 소총과 탄환, 기타 잡동사니들을 챙기고는 그 자리를 벗어났다. 동료들이 곧 기절한 사내를 찾아낼 것이었다.

'일단 메시지는 전했고.'

엄폐물 사이로 이동하며 적시운은 생각했다.

'나머지는 저쪽에서 어떻게 나오느냐 하는 거로군.'

현시대로 귀환한 이래 열흘. 그간 적시운은 크게 세 가지 일에 집중해 왔다.

우선은 살아남는 것 자체.

식량을 확보하고 도시 곳곳에 도피처를 마련해 뒀다. 더불어 혹시 모를 습격을 대비해 간단한 부비트랩과 장애물들을 설치했다. 그 과정에서 도시 내의 지형을 익힌 것은 덤.

도시 곳곳을 뒤져서 쓸 만한 물품 또한 여럿 찾아냈다. 본래 상당한 규모였던 곳이라 그런지 인적이 사라진 지금에도 노다지가 상당했다.

두 번째는 강해지는 것.

이능력은 대체로 선천적인 것으로 치부된다. 성장의 가능성이 절대 없지는 않으나 대개는 불가능에 가까웠다.

S랭크로 태어난 이는 S랭크로 죽고, C랭크로 태어난 이는 C랭크로 죽는 것이 현실. 국가 규모의 연구를 통해서도 이능력의 비밀은 밝혀지지 않았다.

적시운 또한 마찬가지. 처음 염동력을 발현한 이래 쭉 더블 B랭크를 벗어나지 못했다.

그러나 변수가 생겼다. 천마신공이라는 변수가 말이다. 그게 뜻하는 바는 실로 명료했다.

'수련 여하에 따라 더 강해질 수 있다는 것!'

운기토납 및 육체 단련은 일과의 필수 코스가 되었다. 아직까진 그리 큰 효과를 보이진 않고 있었지만 조급해하지는 않기로 했다.

'그리고 세 번째는…….'

정보 수집.

지난 열흘, 적시운은 시체 트랩을 설치하는 무리를 지속적으로 관찰했다. 가끔은 감지망을 펼쳐 그들 간의 대화도 엿들을 수 있었다. 그러기 위해 100m 이내로 접근한 적도 여러 번. 다행히 아직까진 꼬리를 밟히지는 않았다. 그 결과 이동 경로 및 인원 규모, 무기 보유량 등을 파악할 수 있었다. 더불어 그들이 누구와 싸우고 있는지 또한.

'폭염의 마녀!'

그들은 그녀를 그렇게 불렀다.

2

폭염의 마녀.

저들 무리는 대체로 '그년', '악마' 같은 식의 용어로 표현하고는 했다. 그만큼 그녀에게 맺힌 게 많다는 뜻일 터.

둘째 날 보았던 거대한 불기둥 또한 그녀의 소행이었다.

"왜 싸우는 건지는 아직 모르겠지만 말이지."

놀랍게도 그 정보는 미네르바의 데이터베이스 안에도 존재했다.

[A랭크 화염술사(Pyrokinesis). 여성. 그 외의 정보는 불명.]

참으로 짤막한 내용. 그러나 이능력 랭크를 알 수 있다는 것만으로도 무척이나 큰 도움이 되었다. 덕분에 대체적인 능력 차이를 파악할 수 있었으니까.

"정면으로 맞붙으면 필패한다."

나직이 중얼거리는 적시운이었다. 이능력 및 마수를 판별하는 등급의 기준은 하나가 아니다. 연구 기관이 여럿인 만큼 기준 또한 중구난방이기 때문이다.

요컨대 중국의 경우엔 천(天), 지(地), 인(人)을 기본으로 등급을 표기했다. 최강의 마수인 아포칼립틱 데몬 로드를 천마라고 표현하는 것도 이 때문이었다.

천의 등급에 위치한 최강의 마수라는 것이다. 다만 이런 기준은 거의 쓰이지 않았고, 대체로 영국에서 정한 기준을 널리 사용했다.

단순한 알파벳을 이용한 구분법이었다. 기본적으로는 S, A, B, C, D, E, F의 일곱 가지 랭크가 존재한다. 그리고 각 랭크는 또다시 3개의 레벨로 분류된다.

예컨대 적시운이 위치한 B랭크 내에는 BBB(트리플 B), BB(더블 B), B(싱글 B)의 세 레벨이 존재했다. 당연하게도 BBB가 셋 중 가장 높은 레벨이고 말이다.

적시운의 랭크는 더블 B, 폭염의 마녀는 싱글 A이다. 그리고 이것은 매우 큰 격차였다.

"레벨 차이라면 모를까, 랭크 차이는 말 그대로 격이 다르다는 뜻이니."

동일 랭크 내의 레벨 구분은 사실상 편의를 위한 것. 그렇게까지 어마어마한 차이가 존재하진 않는다. 그날의 컨디션이나 기타 조건에 의해 얼마든지 맞먹을 수도 있다.

그러나 랭크의 차이는 시쳇말로 넘사벽.

B와 BBB 간의 격차보다도 BBB와 A 간의 격차가 훨씬 크다고 봐도 좋았다. 물론 이는 어디까지나 이능력 자체에 한정된 등급 구분이었지만 말이다.

"무적의 존재 같은 건 없는 법이지."

인생은 실전이라던가?

제아무리 대단한 이능력자라 해도 허무하게 죽을 수도 있는 것이 바로 실전이었다. 실제로 적시운 본인도 그런 경우를 몇 번이나 눈앞에서 목도했었고 말이다.

당장 천외천의 존재였던 천마조차도 결국은 패배하지 않았던가.

"운이 좋았던 거긴 하지만 말이지."

적시운은 미묘한 감정을 느끼며 중얼거렸다.

운이 좋았다.

그렇게밖에 표현할 길이 없었다.

천마는 적시운의 능력에 대해 조금도 몰랐다. 그렇기에 적시운의 염동력에 대항할 수단이 없었다.

반면 적시운은 비교적 많은 정보를 취하고서 전투에 임했다. 일찍이 천마가 무림맹주를 비롯한 수많은 고수를 학살한 탓에 그에 대한 정보는 풀릴 대로 풀려 있었다.

결과적으로 보자면 정보전의 승리. 이쪽은 상대에 맞춰 만반의 준비를 했고 상대는 그러지 못했다. 그럼에도 양패구상이나 다름없는 결과가 나왔지만.

"……."

딱히 후회가 되는 것은 아니었다. 결과적으로 보자면 천마를 죽인 것은 정답이었으니 말이다.

다만 그것이 순전히 자기 능력만으로 이뤄진 게 아니라는 것만은 분명한 사실. 그렇기에 적시운은 마음을 놓을 수가 없었다.

'이 세계 안에서, 나는 여전히 약자의 위치에 있다.'

밀림화된 도시의 면적은 적시운의 예상보다도 거대했다. 열흘을 소모했음에도 동부 구역의 일부만 파악했을 정도. 그래도 업데이트된 미네르바 덕분에 상당히 많은 정보를 습득할 수 있었다.

도시의 이름은 오소독스(Orthodox). 아무래도 북미 제국 측에서 임의로 부르는 이름 같았다.

"그 안에 존재하는 것은 두 개의 파벌."

이는 인간으로만 한정한 경우의 얘기였다. 마수 무리를 파벌로 보기는 애매했으니까.

하나는 적시운이 접촉한 이들. 북미 제국의 데이터는 이들을 토마호크 클랜(Tomahawk Clan)이라고 지칭했다.

“그것이 정식 명칭인지 가칭인지는 모르겠지만.”

다른 하나는 화염의 아이들(Children of Flame). 폭염의 마녀가 이끄는 무리였다.

토마호크 클랜은 오소독스 서부를, 화염의 아이들은 남부를 근거지로 삼고 있었다.

“그리고 북부는…….”

마수들의 서식처.

기실 서부와 남부라 해도 그 면적은 극히 협소했다. 사실상 도시의 대부분은 마수의 차지라 봐도 좋았다.

“그나마 안전한 게 이곳이고 말이지.”

적시운이 처음 도착한 구역은 동부. 오소독스 내의 유일한 청정 구역이라 봐도 좋은 곳이었다.

풍부한 먹잇감과 삼림이 존재하는 곳. 두 인간 세력은 이곳을 두고 대립하는 중이었다.

“문제는 무엇 때문이냐는 건데…….”

안전 때문은 결코 아니었다. 마수들이 비록 북부를 서식처로 삼고 있다지만, 동부로 넘어오는 경우도 적지 않았던 것이다.

보아하니 이곳 마수들의 움직임엔 일정한 패턴이 있는 듯했다. 대략 사나흘 주기로 동부로 넘어와 사냥을 하고는 했던 것이다.

"게다가……."

사냥이 끝나고 나면 거짓말처럼 북부로 돌아가 버렸다.

어쨌든 집중해야 할 쪽은 마수가 아닌 인간들의 집단. 적시운이 필요로 하는 걸 가지고 있는 것은 어디까지나 그들이었다.

"이동 수단이 필요해. 충분한 연료도."

오소독스 외부는 거대한 사막. 숲이 우거진 도시를 조금만 벗어나도 찌는 듯한 열사가 나타난다. 어처구니없고 믿기 힘들었지만 그게 현실이었다.

미네르바로도 확인해 봤을뿐더러 도저히 믿기 힘들어 직접 도시의 경계까지 나아가도 보았다. 그런 적시운을 맞이하는 것은 끝없이 펼쳐진 모래벌판이었다.

"맨몸으로 나갔다간 며칠 못 버티겠지."

이동 수단이 필요했다. 자동차가 됐든 다른 무엇이 됐든, 사막을 넘어 다른 곳까지 이동할 수단이 말이다. 적시운이 토마호크 클랜과 접촉하려는 것은 그 때문이었다.

"하루가 멀다고 시체를 구해와서 수류탄을 달아놓는 걸로 보건대……."

결코 선량한 놈들은 아니다. 그러나 풍족한 놈들인 것은 사실이었다. 그리고 적시운에게 있어선 그것만으로도 충분했다. 착한 빈털터리보다는 극악무도한 졸부가 나았으니까.

게다가 성가시기 그지없는 골칫거리까지 달고 있다면 금상첨화다.

"폭염의 마녀."

사실상 그녀 홀로 토마호크 클랜에 대적하고 있다고 봐도 좋았다. 지난 열흘간 두어 차례의 전투가 발발했었지만, 그 형태는 언제나 같았다.

마수라도 잡듯 화력을 쏟아붓는 토마호크 클랜.

이에 단신으로 대적하는 마녀.

가까이에서 지켜보진 못했으나 대략적인 상황은 파악 가능했다.

그녀는 적시운조차 혀를 내두를 정도로 강대했다.

"탄환마저 접근 못 하게 녹여 버릴 정도이니."

A랭크 이능력자라는 평가는 결코 후한 게 아니었다.

어쨌든 그로 인해 토마호크 측은 약이 바싹 올라 있었다. 시체를 이용한 트랩을 이용하는 것도 그 때문이었고. 어떻게든 그녀를 엿 먹이려고 말이다.

"아마 그 시체들은 마녀의 부하들이겠지."

이는 거의 확실했다. 적시운이 트랩을 해체한 후 나중에 찾아가 보면 대체로 시체는 감쪽같이 사라져 있고는 했으니까.

이를 통해 내릴 수 있는 결론은 크게 둘이었다.

“화염의 아이들 측은 마녀의 능력에 크게 의존하고 있다. 그리고…….”

그녀를 처리할 수만 있다면 토마호크 클랜은 적시운의 발바닥이라도 핥으려 들 터였다. 그래서 적시운은 놈들과 접촉하기로 결심한 것이었다.

5층 높이의 폐건물. 반파된 이후 세월의 풍파를 직격으로 받아 을씨년스럽기 짝이 없는 모양새였다.

부스러지기 일보 직전인 콘크리트 벽, 그 틈새로 비죽비죽 치솟아 있는 녹슨 철근, 이와 완벽하게 대조되는 싱싱한 덩굴과 이파리. 주변 건물들과 비교하자면 특이할 게 딱히 없었다. 한 가지를 제외한다면 말이다.

폐건물 최상층에는 장치 하나가 존재했다. 사실 장치라 할 만한 것도 아니었다. 녹슨 깡통에 낚싯줄이 연결된 게 전부였으니까.

낚싯줄은 30m가량 떨어진 건물의 중간층까지 이어져 있었다. 여차하면 빠져나가기 좋은 위치였다.

부르르릉……!

10여 대의 낡은 오토바이가 나타났다. 탑승자는 하나같이 중화기로 무장한 이들. 토마호크 클랜이었다.

그들은 폐건물 앞에 멈춰 섰다. 절반은 사주경계를, 나머지는 건물 안으로 들어섰다.

'어디 보자.'

적시운은 감지망을 펼쳤다. 3명의 사내가 맨 위층까지 올라오는 게 느껴졌다. 시체에 남겨놓은 메모를 충실히 따르는 모양새.

이윽고 적시운 측 깡통이 달그락거렸다. 적시운은 깡통을 집었다.

"잘 들리나?"

그렇게 묻고 나서 잠시 후, 신경질적인 목소리가 낚싯줄을 타고 흘러왔다.

–넌 대체 뭐 하는 놈이냐. 이 장난질은 대체 뭐고?

"토마호크 클랜의 리더인가?"

–내가 먼저 물었다.

"그럼 대답해 주지. 내가 누군지는 알 것 없어. 이 장난질은…… 최소한의 안전 수단이라고 해두지. 맨몸으로 나섰으면 네 똘마니들한테 벌집이 됐을지도 모르잖아?"

–겁이 많은 놈이군.

"조심성이 많은 거지."

—흥, 말은 잘하는군. 좋다. 클랜을 이끄는 제이콥 토마호크다. 네놈은?

"용병 비슷한 거라고 해두지. 네가 알아야 할 건 그게 전부다."

—용병이라고? 난 빌어먹을 좀도둑 놈이라고 생각했는데.

"난 그저 버려진 시체에서 버려진 물건을 주웠을 뿐, 딱히 도둑질을 한 적은 없어."

—그건 우리 수류탄이었다!

"너희가 버려둔 수류탄이었지."

—……좋다, 스캐빈저(Scavenger).

스캐빈저. 청소부, 혹은 넝마주이. 지금의 적시운과 제법 어울리는 단어라 할 수 있었다.

—그년과는 무슨 관계냐.

제이콥이 질문했다.

"그년이라면, 폭염의 마녀 말인가?"

—그래, 그 개 같은 년.

"아무 관계도 아냐."

—그걸 어떻게 믿지?

"같은 편이었다면 너희는 벌써 죽었을 테니까."

—뭐라고? 이 건방진……!

"네놈들에게서 빼앗은 수류탄 전부를 그 건물 안에 장치해 뒀다면? 일거에 터뜨리면 그깟 흉가를 폭삭 가라앉히는 건 일도 아니었겠지."

짤막한 침묵이 이어졌다.

–서, 설마 네놈…….

"설치 안 했어. 했다면 말하지도 않았겠지. 생각이란 걸 좀 하지그래?"

–…….

"무리를 이끄는 리더라면 그 정도는 생각했어야 정상이라 보는데. 결국 둘 중의 하나라는 소리겠지. 네놈이 심각하게 멍청하거나 가짜거나. 자, 그래서 어느 쪽이지?"

–……잠깐만 기다려라.

통화를 하던 사내가 헐레벌떡 아래층으로 뛰어 내려갔다. 약간의 시간이 소요된 후, 바깥에서 경계를 서던 사내 중 하나가 위층으로 올라왔다. 깡통 전화기가 재차 울렸다.

–제이콥 토마호크다.

"그새 목소리가 바뀌었군."

–내가 진짜니까.

"그걸 어떻게 믿지?"

–믿기 싫다면 좋을 대로 해라. 하지만 한 가지를 지적해 줘야 할 것 같군.

"어떤 것을?"

—너 또한 우리를 설득할 수단이 없다는 것. 너는 아직 네가 그녀과 한패가 아니라는 걸 입증하지 못했다.

아마도 가짜로부터 대강 얘기를 들은 모양.

적시운은 일단 하는 말을 더 들어보기로 했다.

—하지만 네 능력만큼은 입증했다. 최소한 내 밑의 머저리들보다는 낫군. 놈들의 모가지 위에 있는 건 두개골과 썩은 고깃덩어리뿐이니.

"거래를 할 마음이 생겼다고 봐도 되겠지?"

—일단은 그렇다고 해두지, 스캐빈저.

"좋아, 제이콥. 간단히 하지. 나는 지난 며칠간 너희를 관찰해 왔다. 너희들뿐 아니라 마녀 측 역시."

—그리고?

"내가 필요로 하는 걸 가지고 있는 건 너희 클랜이더군. 그래서 접촉하기로 결심했지."

—그게 뭐지?

"사막을 건널 이동 수단과 충분한 양의 연료."

—눈썰미가 좋군. 물론 너 또한 그에 상응하는 조건을 내놓아야겠지만.

"그래."

잠시 뜸을 들인 적시운이 말했다.

"폭염의 마녀를 처리해 주지."

짤막한 침묵이 흘렀다.

—……조금 전에 한 말을 취소하고 싶어지는군. 네놈 두개골 안에도 썩은 고깃덩이만 있는 걸까, 아니면 따로 믿는 구석이 있는 걸까.

"후자. 물론 나 혼자서는 불가능해. 너희 측 힘을 좀 빌려야 가능할 거다."

—우리를 이용해 그녀을 잡겠다는 소리로밖에 안 들리는데. 아닌가?

"아니야. 너희들뿐이라면 죽었다 깨어나도 그녀의 상대가 되지 못할 테니까."

조금 전보다도 긴 침묵이 이어졌다. 불편한 기색이 확연하게 느껴지는 침묵이었다.

—네놈, 대체 정체가 뭐냐.

다시 첫 번째 질문으로 되돌아온 상황. 다행히 이번에는 제대로 대답해 줄 만한 단어가 준비되어 있었다. 그래서 적시운은 말했다.

"사냥꾼이다. 마녀보다 더한 것도 잡아본."

3

다행이라 해야 할까. 제이콥은 적시운을 믿어보기로 결정한 눈치였다. 신뢰라기보다는 밑져야 본전이란 느낌이 강하긴 했지만.

'뭐, 상관없지.'

어차피 상대를 신뢰하지 않는 건 적시운도 마찬가지. 이건 결국 어쩌다 이해관계가 일치한 일시 동맹에 불과했다. 언제라도 깨질 수 있는 동맹 말이다. 그렇기에 주의하고 또 주의할 필요가 있었다.

'놈들을 해치우고 차와 연료를 빼앗을까 생각도 해봤지만…….'

토마호크 클랜은 우습게 볼 만한 상대가 결코 아니었다.

이는 현재까지의 상황이 증명하고 있었다. 물론 이들은 지금껏 폭염의 마녀를 처치하지 못하고 있었다. 기실 그녀와 조우했다 하면 탄환이 떨어지도록 갈겨댄 후 후퇴하기 일쑤였던 것이다.

'하지만 그녀가 참여하지 않은 전투에선…….'

토마호크 측은 일방적인 우세를 점하고 있었다. 넘쳐 나는 트랩 설치용 시체들이 이를 증명했다. 그 대부분은 전투에서 사망한 화염의 아이들 측 전투원들이었으니까.

압도적인 물량과 머릿수, 그리고 이를 적당히 이용할 줄 아는 능력. 토마호크 클랜은 그 모든 것을 갖추고 있었다. 어찌 보면 이능력 하나만으로 이 격차를 메워온 폭염의 마녀가 실로 대단한 것이었다.

'게다가…….'

어떻게든 접촉할 방법이 존재했던 토마호크 클랜과 달리, 폭염의 마녀 측과는 접촉할 방법이 딱히 존재하지 않았다.

무엇보다도 그녀는 적시운을 능가하는 이능력자. 그렇기에 함부로 접근할 수가 없었다. 그녀가 어떻게 반응할지 알 수 없었으니 말이다.

그녀를 제외한 화염의 아이들과 접촉하는 것도 쉬운 일이 아니었다. 대부분 적시운이 다가가기도 전에 토마호크 클랜 측에 사냥당했던 까닭이다.

결국은 선택의 여지가 없었다.

'토마호크와 거래하여 이동 수단을 얻는 수밖에.'

물론 혹여나 모를 변수와 배신을 대비해 만반의 준비를 해 둘 필요가 있었다.

—좋아.

제이콥의 목소리가 낚싯줄을 타고 들려왔다.

—헌터, 혹은 스캐빈저. 어느 쪽이 되었든 좋다. 네 제안이 내 구미를 당긴 것만은 확실해 보이는군.

"그렇다면 임시 동맹이 맺어진 걸로 봐도 되겠지?"

—네 대답 여하에 따라서 정해질 것이다. 그러니 말해봐라. 무슨 수로 그녀을 잡겠다는 거지?

“그 전에 몇 가지 물어볼 것이 있다.”

–물어볼 거라고?

“그래, 모든 사냥의 첫걸음은 사냥감에 대해 파악하는 거니까.”

제이콥이 혀를 차는 소리가 들려왔다.

–네놈이 정보만 빼내어 내빼려는 게 아니라고 어떻게 믿지?

‘이 마당에도 의심이로군.’

확실히 만만찮은 상대였다. 달리 보자면 대규모의 클랜을 이끌 정도의 역량이 있는 셈이었다.

“간단히 답하지. 굳이 댁한테 묻지 않더라도 정보를 얻어낼 방법쯤은 많아. 예컨대 앞으로 한 달가량 머물면서 당신네와 마녀 측 전투를 관찰한다든지 하는 식으로.”

–…….

“아마 당신네 클랜원들이 소대 한두 개 규모쯤 구워지고 난 다음엔 필요한 정보를 다 얻을 수 있겠지. 그런데도 질문을 하겠다는 건 불필요한 낭비를 줄이기 위해서고.”

–으음.

“그러니 결정하시지. 묻는 말에 대답할 건지, 클랜원들을 제물로 바칠 건지.”

고민의 시간은 그리 길지 않았다.

—무엇을 알고 싶지?

"우선 그녀의 능력. 화염술사라고 들었는데, 유효범위가 어느 정도지?"

—유효범위라니?

"유효 살상 범위 말이야. 몇 미터 이내까지 능력이 미치냐고."

—음, 그건…….

제이콥이 당황했다는 게 느껴졌다. 적시운은 눈살을 찌푸렸다.

"수하들이 족히 수십은 당했을 텐데도 모른단 말이야?"

—……빌어먹을. 그딴 걸 아는 게 더 이상한 일 아닌가? 그년이 쏘아대는 불덩이를 피하는 것만으로도 바빠 죽겠는데, 어느 틈에 거리 따윌 재고 있으란 말이야?

'어쩔 수 없나.'

적시운은 아쉬움에 입맛을 다셨다. 하기야 정규 훈련을 받지 않은 이들이 거리 파악 같은 걸 할 수 있을 리 없었다.

'최소한 나보다는 넓다고 가정하는 게 좋겠지.'

족히 100m 이상. 어지간한 총화기의 유효 범위에도 밀리지 않는 수준이었다.

"그녀의 정확한 능력은?"

—명칭대로다. 그 빌어먹을 계집은 자유자재로 불을 다룬

다. 손에서 뽑아내어 채찍처럼 휘두르기도 하고, 그저 노려보는 것만으로도 먼 곳에 폭발을 일으키기도 하지.

"총화기는 먹히지 않는 건가?"

–그런 것 같다. 대부분 가까이 다가가기도 전에 녹아버리는 모양이더군.

화염을 이용한 배리어 능력까지 갖췄다는 뜻. 적시운의 예상대로였다.

"그녀의 생김새는?"

–얼굴은 정확히 아는 놈이 없다. 항상 방독면 같은 걸 쓰고 다니니까.

"방독면이라고?"

–그래, 가스 마스크 말이다.

적시운은 턱을 괴었다.

'아마도 그건…….'

방독면이 아니라 호흡 장비일 것이었다. 아니, 그게 분명했다. 대부분의 화염술사들은 방열(防熱) 능력을 기본적으로 갖추고 있었다. 자신이 내뿜는 화염에 의해 다치는 것을 방지하기 위하여. 때문에 고열을 이용한 공격은 화염술사에게 통하지 않는다. 아마 폭염의 마녀 역시 불꽃 속에서 타격 하나 입지 않을 것이다.

'하지만 없는 공기를 만들어내진 못하지.'

불은 산소를 연료 삼아 타오른다. 거대한 화염일수록 근방의 산소를 미친 듯이 소모한다. 그리고 그 어떤 인간도 호흡하지 않고서는 살 수 없다. 그녀 또한 마찬가지일 터였다.

'그 말은 곧 그녀가 접근전에도 능하다는 뜻인데…….'

기실 대부분의 화염술사는 접근전에 취약했다. 자칫 자기 근처에서 불을 일으켰다가 호흡 곤란 상태에 빠질 위험이 컸기 때문이다. 때문에 화염술사들은 대개 후방에서 아군을 지원하는 포지션을 맡고는 했다.

'하지만 그녀는 다르다는 거지.'

근접 상태에서도 얼마든지 화염을 뿌려댈 수 있는 화염술사. 보통의 화염술사보다 갑절은 더 위험한 상대였다.

'귀찮게 됐어.'

원래 계획은 어떻게든 접근하여 제압한다는 것이었다. 그것이야말로 화염술사를 상대할 때의 정공법이기도 했고.

하지만 새 정보를 입수한 이상, 원래 계획을 그대로 밀고 가기는 어려워 보였다. 물론 방법이 아주 없는 것도 아니긴 했지만.

'어떻게든 공기 호흡기만 제거하면 된다는 뜻이니.'

어쨌든 소중한 정보를 얻은 셈. 이 정보 없이 무턱대고 싸우려 들었다면 위험해졌을지도 모른다.

"그 외의 특징이라 할 만한 건?"

—흠, 특징이라…….

한동안 침묵하던 제이콥이 말했다.

—아, 그게 있군. 그녀은 아마도 칭크(Chink) 아니면 잽스(Japs)일 거다.

"뭐?"

—짱깨 아니면 쪽바리일 거란 말이다.

"……왜 그럴 거라고 추측하지?"

—간단하다. 그녀이 이끄는 무리가 대부분 동양 놈이니까. 빌어먹을 노란 원숭이 새끼들 말이다.

분개하여선 되는대로 지껄여 대는 제이콥. 그러나 적시운은 이 정도 비하에 분노할 만큼 어수룩하지 않았다. 게다가 그가 지껄이는 말에도 나름대로 캐치할 만한 정보가 담겨 있었다.

"그렇다는 건, 일본과 중국은 아직 건재하다는 건가?"

—뭐? 그야 나도 모르지. 하지만 그 개자식들도 결코 고운 꼴을 보진 못했을 거다. 온 세상이 마수 놈들에게 넘어간 지 오래니까.

"정확히 아는 바는 없다는 거군."

—그래, 게다가 설령 안다고 쳐도 지금 우리가 하는 얘기하고는 관계없지 않나?

"……그건 그렇지. 어쨌든 더 공유할 만한 정보는 있나?"

—글쎄. 그년의 몸매가 쫙 빠졌다는 거? 설마 이런 얘기를 듣고 싶은 건 아닐 텐데?

"더 없으면 됐어. 차후에 다시 연락하겠다."

말을 마친 적시운이 깡통을 내려놓기 직전, 제이콥의 목소리가 들려왔다.

—잠깐, 한 가지 더 말할 게 있다.

"뭔데?"

—요구 사항이라고 해야겠군. 뭐, 들어주지 못한대서 원망할 생각은 없지만.

"용건만 간단히 해."

—그러지. 가능하다면 그 계집을 죽이지 말고 생포했으면 좋겠군.

"……이유는?"

—그년 때문에 뒈진 부하 놈만 서른 명이 넘는다. 부상을 입어 골골대는 놈들은 셀 수도 없고.

제이콥의 음성이 분노로 갈라졌다.

—그간의 빚을 이자까지 쳐서 갚아줄 것이다. 그년의 머리와 몸뚱이가 충분히 실감할 수 있도록.

"……."

—뭐, 가능하면 그러라는 것뿐이니 알아만 두라고. 처치만 할 수 있다면 무슨 꼴로 만들든지 상관없다.

그것으로 대화는 끝났다.

적시운은 염동력으로 낚싯줄을 잘라낸 다음 건물을 떠났다.

"그놈을 정말 믿는 겁니까, 보스?"

앞서 제이콥의 대역을 했던 부하가 질문했다. 제이콥은 짜증 섞인 눈으로 부하를 흘겨보고는 군홧발로 걷어찼다.

"끄악!"

정강이를 걷어차인 부하가 바닥을 뒹굴었다. 타격이 제대로 들어간 듯 얼굴은 푸르죽죽해졌고 입에서는 게거품이 흘러나왔다.

그 모습을 싸늘히 내려다보던 제이콥이 말했다.

"나는 아무도 믿지 않는다. 설령 나를 낳은 부모라고 할지라도. 알겠나?"

"예, 예. 물론입니다."

그는 깡통 전화기를 힐긋 흘겨보고는 발로 짓밟았다. 녹슨 깡통은 반쯤 바스러졌다.

"저놈은 유용해 보이니 일단은 지켜본다. 단지 그뿐이다."

"네, 넵!"

"사냥감이 있는 이상 사냥개를 함부로 잡아서는 안 되지."

먼 방향을 응시하는 그의 눈매가 절로 가늘어졌다.

"사냥이 끝난 다음이라면 또 모를까."

접촉 장소를 벗어난 적시운은 한동안 도심을 이리저리 맴돌았다.

'미행은 없다.'

이를 꼼꼼하게 수차례 확인한 후 은신처 중 하나로 발걸음을 옮겼다.

"후우."

원래는 창고였던 것으로 보이는 지하 공간. 적시운이 찾아낸 몇 안 되는 노다지 중 하나였다.

지상층은 완전히 붕괴된 상태. 지하로 이어지는 통로 또한 잔해에 깔려 봉쇄된 뒤였다. 그리고 이는 적시운의 입장에선 행운이었다.

"혹시나 해서 잔해를 들춰 보길 잘했지."

물론 잔해 전체를 들어 올리진 못했다. 족히 수 톤에서 수십 톤이 나가는 무게였으니까.

다만 일부분을 들어내는 것 정도는 가능했다. 그 덕에 지하 공간을 찾아낼 수 있었고 말이다. 게다가 이곳엔 제법 쓸 만한 물품도 여럿 보존되어 있었다.

예컨대 지금, 주변을 밝히고 있는 램프가 그러했다.

"후우."

적시운은 곳곳이 터져 솜이 비어져 나와 있는 의자에 걸터앉았다. 먼지가 풀썩 피어나 사방으로 비산했다.

"공기가 탁한 게 흠이란 말이지."

지하 공간임을 고려하면 어쩔 수 없는 일. 다행히 염동력을 통해 어느 정도 환기하는 것이 가능했다.

적시운은 시선을 내렸다. 창고의 바닥엔 지난 열흘간 싹싹 긁어모은 물품들이 도열해 있었다.

앞서 깡통 전화기에 이용했던 낚싯줄 뭉치, 빈 통조림 껍데기와 반쯤 남은 기름통, 날이 빠진 나이프, 토마호크 클랜의 얼간이에게서 뜯어낸 소총…….

이 잡동사니가 적시운의 재산이었다.

"초라하긴 하지만 말이지."

적시운은 다리가 셋뿐인 탁자에 손을 얹었다. 일부분이 깨어져 있는 세라믹 그릇 위에 얹힌 훈제 고기를 손으로 집어서는 입에 털어 넣었다. 그리고 기계적으로 질겅거렸다.

블레이드 디어의 살점. 맛은 제법 괜찮았지만, 열흘 내내 주식으로 먹은지라 물릴 대로 물렸다는 게 문제였다. 그래도 배를 채우기 위해선 억지로나마 먹어야 했다.

"영양소 균형을 맞춰야 할 텐데."

단백질 일변도의 식사를 한 만큼 다른 영양소가 부족할 터였다. 그런 것치고는 몸이 크게 망가진 느낌은 들지 않았지만. 천마신공의 효능 덕분일 터였다.

"어째 건강 체조 비슷하게 된 것 같지만."

귀환한 이래 천마신공을 꾸준히 수련해 온 적시운이었다. 그러나 열흘 동안 눈에 띄는 진전은 딱히 없었다. 육체를 최적의 상태로 유지해 주고 있다는 것만으로도 큰 도움이 되었지만 말이다.

"그래도 고기만 먹고 지낼 수는 없겠지."

어찌 들으면 배부른 소리 같았다.

"하여간 내일부터는 숲속도 좀 탐사해 봐야겠어."

그동안은 도심만을 중점적으로 살펴보았다. 덕분에 많은 물품을 건질 수 있었지만 숲에 대해선 거의 파악하지를 못했다. 실질적으로 도시의 대부분을 차지하고 있는 공간인데도 말이다.

"미리 알아둬야 할 정보가 많겠지."

폭염의 마녀를 상대하기 위해서라도.

침묵하던 적시운은 이내 램프의 불을 껐다. 어둠이 찾아들자 온몸의 감각이 도리어 또렷해지는 기분이었다. 수면을 취할 생각이었지만 도리어 잠이 달아나 버렸다.

"그럼 이제 무얼 한다?"

4

사실 답은 정해져 있었다.

"그러고 보니 깜빡하고 있었네."

적시운은 의자 위에 정좌했다. 이제는 하루의 일과가 되어버린 운기조식을 위해서였다.

마음을 가라앉히고 편안히 호흡한다. 의식을 비우고 육체를 비움으로써…….

'세상과 나를 일체화한다.'

처음엔 뜬구름 잡는 것 같던 소리였으나 이제는 조금 이해가 되는 것도 같았다.

아랫배 깊은 곳, 단전으로부터 들끓는 기운이 솟아나기 시작했다. 솟아난 기운은 물 만난 고기처럼 적시운의 몸속을 일주하기 시작했다.

빨아들인 숨결이 기운에 합류하며 함께 맴돈다. 그러다가 슬그머니 떨어져 나와 호흡기로 내뱉어진다.

이제는 쳇바퀴 돌리듯 익숙해질 대로 익숙해진 과정. 어찌 보면 공장에서 제품 만드는 공정과도 비슷한 느낌이었다.

들이쉬고, 돌리고, 내뱉는다.

다시 들이쉬고, 돌리고, 내뱉는다…….

그러는 동안에 적시운의 의식은 깊은 수면 아래로 가라앉는 것이었다. 마치 오랜 꿈을 꾸는 것처럼.

"그래, 수련은 좀 할 만한가?"

"……빌어먹을."

익숙한 얼굴을 본 순간 적시운이 내뱉은 한마디였다.

그 한마디의 대상이 된 자, 천마는 피식 쓴웃음을 지었다.

"퍽 야박한 반응이로군."

"어쩐지 일이 술술 풀린다 생각했지. 처음부터 이럴 계획이었던 거냐?"

"이럴 계획이라? 무슨 소리지?"

"내게 힘을 선사하는 척하고서 사실은 내 머릿속을 지배하려는 계획이었던 거냔 말이다."

"제법 훌륭한 상상이로군. 완전히 틀렸지만 말이지."

"틀렸다고?"

"그때 분명 말했을 터인데? 그렇게까지 할 능력은 본좌에게 없다고."

적시운은 불만스러운 얼굴로 팔짱을 꼈다.

"그럼 이건 대체 무슨 상황인데?"

"인간의 정신이 행하는 수많은 활동 중 하나지. 굳이 비슷한 것을 찾자면 꿈을 들 수 있겠군.”

“꿈이라고? 이게?”

“비슷한 것이라고 했네. 운기조식의 영향으로 자네의 의식이 무의식의 영역에 접어들었고, 그로 인해 본좌의 그림자와 조우하게 된 것이지.”

“그림자라고? 당신이?”

“그렇다네. 천마신공을 전수하면서 생겨난 그림자 말일세.”

천마는 바위에 걸터앉았다. 조금 전까지만 해도 그 자리에 존재하지 않던 바위였다.

“본좌는 급박했네. 어떻게든 단기간 내에 천마신공의 요체를 전수해야만 했지.”

“…….”

“그러기 위해 가장 좋은 방법은 하나뿐이었네. 본좌가 직접 경험하며 체득한 지식들을 고스란히 전달하는 것.”

“그 과정에서 의식까지 전해졌다는 건가?”

“의식이 아닐세. 본좌는 일종의 거울일세. 자네에게 전달된 본좌의 기억에 자네의 무의식이 투영된 결과물이지.”

“쉽게 말해서, 망령이라는 거군.”

천마는 웃었다.

“그리 생각하고 싶다면 그러게나.”

“좋아. 어쨌든 댁은 진짜 천마의 의식은 아니라는 소리로 들리는데.”

“본좌의 기억과 본좌에 대한 자네의 인식이 결합되어 생겨난 그림자일세. 쉽게 말해 ‘천마라면 이렇게 말하고 행동할 것 같다’라는 자네의 생각이 투영된 결과물이라 할 수 있겠지.”

“지금 이 모든 게 내가 생각하고 있는 거라고?”

“정확히는 자네의 무의식이.”

적시운은 미간을 찌푸렸다.

“본론이나 얼른 말하시지. 그래서, 내 앞에 이렇게 행차한 이유가 뭔데?”

“알려주기 위함이라네.”

“무엇을?”

천마의 모습이 돌연 사라졌다. 동시에 적시운의 머릿속으로 하나의 기억이 스며들었다.

소년이었다. 무언가에 대해 분노하고 있는.

뜨거운 눈물이 소년의 두 뺨을 타고 흘렀다. 악다문 잇새에서 가느다란 선혈이 흘러내렸다.

적시운은 그 소년이 누구인지 알 것 같았다.

‘천마.’

눈발이 미친 듯이 쏟아져 내리는 벌판이었다. 소년을 제외한 모든 것이 백색으로 화한 세계. 그 한가운데에서 소년은 오로지 한 가지 동작만을 반복할 따름이었다.

두 다리는 어깨너비로 벌린다. 상체는 대지와 수직을 이루게끔 곧추세우고, 몸 전체에서 쓸데없는 힘을 배제한다. 그리고 주먹을 뻗는다.

변하는 것은 없다. 눈발은 여전히 매섭고 세계는 여전히 하얗다. 그러나 자세히 본다면 주먹이 내질러진 지점의 눈송이가 물풍선 터지듯 흩어진다는 것을 알 수 있으리라.

[다음 단계로 넘어갈 때가 되었음을.]

천마의 목소리가 백색 벌판에 종소리처럼 울렸다.

"……개꿈?"

적시운은 멍하니 중얼거렸다.

운기조식은 끝난 지 오래. 머릿속은 호수처럼 맑았고 육체 또한 전체적으로 쌩쌩했다. 다만 그저 멍할 따름.

"아마도 이 기억 때문이겠지."

분명했다. 지금도 뇌리 한구석에 콱 박혀 있는 기억.

적시운은 몸을 일으켰다. 그리고 조금 전 꾸었던 꿈속의 동작을 따라해 보았다.

"다리를 어깨너비로 벌리고……."

여차여차 중간 과정을 생각하며 주먹을 뻗는다.

휘익.

"……이게 아닌데."

스스로 생각하기에도 꽝.

기억 속의 주먹질과는 백만 광년쯤의 격차가 있다는 게 느껴졌다.

"어디, 다시 한번."

조금 자세를 바꾸어서 주먹을 뻗었다. 그러나 역시 꽝. 오히려 자세를 너무 의식하느라 전체적인 밸런스가 무너졌다.

"으음."

적시운은 미간을 찡그렸다. 고작해야 주먹질일 뿐인데 이렇게까지 해야 하나 싶었던 것이다.

이능력자의 전투는 대개 중거리에서 이루어진다. 육체 강화형 능력자인 버서커(Berserker)나 바바리안(Barbarian) 같은 예외가 있기는 했지만, 이는 어디까지나 소수에 불과했다.

대체로 10m 이상, 200m 이내. 그 이상은 곡사포와 미사일 같은 화기의 영역이었고, 그 이하는 근접전 전문가들의 영역이었다.

적시운도 크게 다르지 않았다. 격투술을 익히느니 정신력을 조금이라도 갈고닦는 게 나았고, 땀 쏟으며 뛰느니 염동력을 타고 날아다니는 편이 빨랐다. 그렇더라도 기초 체력만큼은 확실히 다져 놓았지만 말이다.

"진짜 무술가들에 비하면 애들 장난이지만 말이지."

여하간 적시운에게 있어 격투술 수련은 이것이 처음이었다. 어찌 보면 그게 장점일 수도 있겠지만. 완전한 백지에 새로 그림을 그려내는 것이, 이미 다른 무언가가 그려진 자리에다 덧칠하는 것보다는 나을 테니 말이다.

"뭐, 밑져야 본전이니."

적시운은 다시 자세를 취하고는 동작을 반복했다. 동시에 머릿속으로는 이미지를 그려 보았다.

'분명 꿈속에서는 이랬었지.'

천마의 움직임 하나하나를 머릿속에 되새겼다. 엉망진창인 동작을 그에 맞추어 조금씩 수정해 나갔다. 그사이 적시운의 온몸은 땀으로 흥건하게 젖었다.

"……."

적시운은 그조차 의식하지 못한 채 동작을 반복해 나갔다.

적시운은 이후로도 두어 차례 더 토마호크 클랜과 소통했다. 시체에다 메모를 남기는 방식으로.

몇몇 시체는 화염의 아이들 측에서 회수해 갔지만, 그러지 못한 나머지를 통해 대강 답신을 주고받을 수 있었다.

그 내용을 대략 추려보자면…….

—전에 미처 묻지 못했는데, 당신네가 마녀 측과 대립하는 이유는 뭐지?

—대답할 의무는 없다.

예상대로의 답변이었다. 적시운도 딱히 더 캐묻지는 않았다. 저들의 목적이나 용무 따위는 알 바 아니었으니.

어디까지나 기브 앤 테이크. 해줄 일 해주고 받을 것 받고 나면 그만이었다.

—그쪽에서 준비해야 할 게 있다.

—뭐지?

—말 잘 알아먹고 발 빠른 전투원. 스무 명 이상으로. 그중 최소한 다섯은 자동 소총을 보유해야 한다.

—어려울 것 없다. 하지만 작전에 대해서는 대강 알아둬야 할 것 같은데.

-간단해. 함정을 파놓고 몰이사냥을 할 거다.

-그년을 유인할 미끼가 필요하겠군.

-준비할 수 있겠어?

-물론.

적시운은 그 미끼가 무엇인지 묻지 않았다. 대강 예상이 되었기 때문이다.

-준비가 끝나는 대로 연락하지.

오소독스는 특이한 도시였다. 아니, 엄밀히 말하자면 도시의 구성원들이 특이하다고 해야 할 터였다.

숲, 그리고 마수들.

오소독스의 숲은 문자 그대로 살아 있었다.

이를 보다 구체적으로 말하자면…….

"의식을 지니고 있다."

예컨대 숲의 일부에 불이 붙을 경우, 숲은 멀쩡한 나무로부터 수분을 끌어내어 불붙은 나무에게로 집중시킨다. 이동 경로는 뿌리와 줄기. 이 숲을 구성하는 대부분의 나무는 대지 아래의 뿌리를 통해 연결되어 있었다.

"일종의 네트워크라는 건데……."

폭염의 마녀가 설쳐 대고, 토마호크 클랜 또한 마음껏 화기를 쏟아내는데도 숲이 건재한 것은 이 때문이었다.

그야말로 한 단계 진화한 형태의 식물체였다.

"그리고 마수들은……."

이 도시의 진정한 폭군이었다.

적시운이 육안으로 직접 확인한 마수는 두 종류였다. BB랭크 마수인 카이저 팬서(Kaiser Panther)와 D랭크 마수인 블랙 코볼트(Black Kobold). 어느 쪽이든 간에 홀로 상대하기는 버거운 놈들이었다.

카이저 팬서는 그 자체로 막강한 개체. 반면 코볼트의 경우 하나하나를 상대하는 건 어렵지 않았지만…….

"그럴 일이 없다는 게 문제지."

적시운이 확인한 것만으로도 최소 3개 이상의 코볼트 군락이 존재했다. 이는 못해도 1,500마리 이상의 개체가 깔려 있다는 뜻이었다.

카이저 팬서 또한 한두 마리가 있는 게 아닌 듯했다. 게다가 그 외에도 확인 안 된 마수들이 득실거릴 터.

"다 열거하자면 토 나오는 수준이겠지."

실제로 토마호크든 화염의 아이들이든 북쪽 구역 근처에

는 얼씬도 하지 못하는 듯했다.

"그 대신에 동쪽 구역을 차지하려는 건가?"

마수들은 이따금 동쪽 구역으로 넘어와 사냥을 하고는 했다. 블레이드 디어를 비롯한 동물들이 그 목표였다.

하지만 그 주기는 일정한 편이었다. 다시 말해, 언제 올지만 알고 있으면 대처하는 것도 가능하다는 뜻이었다.

"사냥 나오는 날만 숨어 지내면 그만이니까."

실제로 적시운 또한 그러고 있었다. 애초에 도피처를 마련해 둔 이유 중 하나가 그것이기도 했고.

"뭐, 당분간은 크게 신경 쓰지 않아도 된다는 거겠지."

당장 집중해야 할 쪽은 인간들. 적시운이 원하는 것을 가지고 있는 자들이었다.

"다만 문제라면……."

결행일이 잡히기까진 꼬박 한 달이 소요됐다. 덕분에 제이콥 토마호크는 열이 뻗칠 대로 뻗쳐 있었다.

"빌어먹을 새끼."

그는 얼굴조차 모르는 상대를 향해 욕을 토했다.

"사냥꾼인지 뭔지 잘난 척하며 지껄이던 놈!"

마치 당장에라도 망할 마녀를 처치할 것처럼 굴더니 이런 저런 핑계로 시간을 끌어왔을 따름이었다.

그러는 동안 토마호크 클랜은 폭염의 마녀를 3번이나 맞닥뜨렸고, 2번이나 '상품'을 강탈당했다. 그로 인한 손해는 문자 그대로 막심했다.

"하지만 그것도 오늘로 끝이다."

놈, 스캐빈저는 며칠 전에야 연락을 취해왔다. 사냥 준비가 완료되었다는 내용. 필요로 하는 물품과 인원 역시 상세히 적혀 있었다.

제이콥은 그 모든 것을 준비해 놓았다. 그에게 있어선 어려울 것 없는 일이었고 판돈을 걸어볼 만한 한판이었기 때문이다.

설령 실패한다 하더라도 최소한 분풀이로 그 망할 자식의 얼굴 가죽쯤은 벗길 수 있으리라.

"분명 오늘은 모습을 드러낼 거라 했으렷다."

위험할 수도 있는 장소에 그가 직접 나와 있는 이유가 그것이었다. 어떻게든 사냥꾼 놈의 낯짝을 봐야 직성이 풀릴 것 같았다.

물론 만약을 위한 대비책은 준비해 두었다. 어디까지나 가장 중요한 것은 그 자신의 안위였으니까.

"우선은 그놈을 만나봐야겠지."

동부 구역의 폐건물 안.

제이콥을 비롯한 토마호크 클랜원들이 그곳에 포진해 있었다. 숫자는 대략 50. 클랜 전체의 전투 요원 중 1/4에 이르는 숫자였다. 원래는 더 끌고 오려 했지만, 자칭 사냥꾼 놈이 반대했다.

"그 이상의 숫자는 짐만 될 뿐이라던가? 흥!"

분노하여 중얼거리는 제이콥. 기실 지난 한 달 동안 그의 인내심은 바닥을 드러낸 상태였다.

"이 개자식은 대체 언제쯤에야 도착할 셈이냐!"

"아까부터 와 있었는데."

갑작스레 들려온 목소리.

제이콥은 물론 클랜원들 또한 화들짝 놀라서 몸을 일으켰다.

"어디냐!"

"이쪽."

제이콥의 고개가 홱 올라갔다. 구멍 난 천장 너머로 시커먼 무언가가 보였다. 바이커 헬멧을 쓴 사내였다. 반쯤 깨어진 코팅 유리 너머로 아래턱만이 조금 보였다.

"네놈이냐!"

"그래."

목소리로 보건대 놈이 맞았다. 그렇다고 해서 제이콥의 분노가 풀리진 않았지만.

“얼굴을 보여라.”

“싫다면?”

처처처척!

너 나 할 것 없이 총신을 겨냥하는 클랜원들. 그 사이에서 제이콥은 이를 드러내며 웃었다.

“설명해 줘야 하나?”

“필요 없어.”

타타타탁!

총으로부터 분리되어 떨어진 탄알집들이 바닥을 두드렸다.

제이콥은 흠칫 놀랐다.

“설마, 네놈……?”

“설명해 줘야 하나?”

깨진 헬멧을 쓴 사내, 적시운이 쏘아붙였다.

5

제이콥은 이를 악물었다.

‘빌어먹을! 설마하니 이능력자였을 줄이야!’

놈이 자신만만하게 나섰을 때부터 눈치챘어야 했다. 그러지 못한 것은 그의 신경이 온통 마녀에게 쏠려 있었기 때문.

"처음부터 이능력자임을 밝혔다면 얘기가 편했을 텐데."

"너희를 믿을 수 없었으니까."

"그 말을 뒤집자면 지금은 믿을 수 있다는 뜻인가?"

"아니."

적시운은 고개를 저었다.

"마녀 사냥을 위해선 내 능력을 밝힐 필요가 있었다. 그뿐이다. 그래야 서로의 합이 어긋나지 않을 테니."

"흥. 뭐, 좋다. 나로서야 좋은 일이지. 같은 이능력자라면 그년과도 해볼 만하겠군."

"준비하라는 대로는 해두었나?"

"물론!"

제이콥은 발치의 쇳덩이를 툭 차 보였다.

"분부대로 자동화기까지 준비해 뒀지."

7.62㎜ M134 미니건. 골동품이나 다름없는 물건이었지만, 그 위력만큼은 확실했다.

'애초에 사람 한두 명 잡자고 만들어진 물건이 아니니까.'

대형 마수를 상대로도 충분한 공격력을 보장할 수 있는 병기. 고작 한 명을 잡기 위한 것치고는 지나치게 강한 무기였다. 물론 상대방도 고작 한 명이라고 불릴 만한 수준은 결코 아니었지만.

"탄약은?"

"충분하다. 그년의 뼈마디마다 꽂아 넣어도 남아돌 만큼."

"좋아, 그럼 대강 작전을 설명하겠다."

적시운은 천장의 틈 사이로 알루미늄판을 하나 내려보냈다. 제이콥이 힐끗 보니 주변 지형과 작전 개요가 철필 같은 날카로운 것으로 새겨져 있었다.

"우선 거기 표시된 대로 병력부터 배치해. 대략적인 작전 개요도 새겨놓았으니 확인하고."

"그러지. 한데 거기서 그러는 것보단 이리 내려와서 얘기하는 편이 편하지 않겠나?"

"이게 편해. 너희랑 길게 할 얘기도 없고."

"훗, 우리가 무서운 거냐?"

"좋을 대로 생각하시지."

기껏 날린 도발을 가볍게 무시한다. 제이콥은 놈이 보통내기가 아님을 새삼 실감했다.

'이 마당에도 우릴 경계한다는 거군.'

하기야 이쪽은 총화기로 중무장한 50명. 제대로 정면에서 붙을 수만 있다면 폭염의 마녀라 해도 대적할 수 없을 규모였다.

'그 망할 년이 쥐새끼처럼 요리조리 빠져나가서 문제지.'

뿌득 이를 가는 제이콥에게 적시운이 말했다.

"뭐 해? 어서 병력부터 배치해."

"칫, 알았다."

"그리고 무전기 같은 건 가지고 있겠지? 하나 넘겨."

"명령이라도 내릴 참이냐?"

"당연한 것 아닌가? 내가 너희를 지휘하는 입장인데."

"……뭐, 좋다."

제이콥이 수하에게 눈짓했다.

건장한 흑인 병사가 무전기를 꺼내 들었다. 적시운은 그것을 염동력으로 끌어당겼다. 그 모습을 보며 제이콥이 이죽거렸다.

"이능력자는 편해서 좋겠군. 등에 손 안 닿는 곳이 가려워서 미칠 일은 없겠어."

일언반구 대꾸도 없었다. 무전기를 받자마자 자리를 뜬 모양.

"저 새끼, 위험하지 않겠습니까?"

무전기를 건넸던 흑인 부하의 말에 제이콥은 차갑게 웃었다.

"그러니 유용한 거지. 일단은 놈의 장단에 맞춰주도록 하자고."

약속 장소를 떠난 적시운은 사방이 탁 트인 고층 건물 위에 올랐다.

"……."

마음에 들지 않는 놈들이었다. 지난 한 달 동안 관찰한 이후로는 더더욱.

'하지만 놈들은 내가 원하는 걸 가지고 있다.'

노예 상인. 그것이 토마호크 클랜의 정체였다.

"그리고 화염의 아이들은……."

뭔가 있어 보이는 이름과 달리 그리 대단한 무리는 아니었다. 기껏해야 피난민들의 집단. 단지 그중에 폭염의 마녀가 껴 있기에 화염의 아이들이라 불릴 뿐이었다.

토마호크 클랜은 지속적으로 화염의 아이들 측 난민들을 납치했다. 그리고 이를 외부 도시에 팔아넘겨 수익을 챙겼다. 풍족한 물자는 그 대가. 노예를 팔아치워 얻어낸 것이었다. 더불어 오소독스의 동부 구역은 도시의 외부로 이어지는 루트. 마수들을 피하기 위한 가장 안전한 길이었다.

"그리고 마녀는……."

납치된 동지들을 구하기 위해 토마호크 클랜을 습격해 온 것이었다.

그녀가 악명을 떨치는 이유는 사실상 그녀가 화염의 아이들 측의 유일한 전력이기 때문이다. 더군다나 그녀는 되도록 인명 피해를 줄이는 방식으로 싸웠다. 폭염을 직격으로 터뜨리는 걸 피한다든지 병기만 무력화한다든지 하는 방식으로. 토마호크 측이 부상자에 비해 사망자가 적은 것은 그 때문이었다. 물론 약이 오를 대로 오른 제이콥 토마호크가 그런 것을 신경 쓸 리 없었지만.

그는 악랄한 방식으로 대응했다. 붙잡은 노예 중 상태가 나쁜 이들을 죽인 후에 부비트랩으로 삼은 것이다. 적시운이 발견한 시체 트랩들이 그것이었다.

"성공하면 좋고, 실패하더라도 적의 속을 뒤집어 놓을 수 있으니 좋다는 거겠지."

실로 잔인하고 간교한 놈이었다.

"하긴 그쯤 되니 수백이나 되는 전투 집단의 왕 노릇을 할 수 있는 거겠지."

적시운은 수차례의 관찰 및 미네르바로 얻은 정보를 통해 이 모든 사실을 알아냈다.

"……."

입맛이 썼다. 그래도 한 가지만큼은 확실해졌다.

"토마호크 클랜은 외부 세력과 접촉이 가능하다는 것."

노예를 유통한다는 것은 곧 구매자와의 연결 고리가 존재한다는 뜻이었으니까. 그들은 도시 바깥을 오갈 수단을 충분히 갖추고 있었다. 적시운이 필요로 하는 모든 것을.

더불어 다행스러운 점이 또 있었다. 생각한 것보다 미국 내의 문명과 물자가 보전되어 있다는 것이었다.

"일개 노예 상단조차 총화기와 탄약 수급에 부족함이 없다는 것은……."

나름대로 저력이 남아 있다고 할 수 있었다. 마수들에게 멸망한 국가의 찌꺼기치고는. 그래도 미국이 한때 세계 최강국이었음을 생각한다면 당연한 것인지도 몰랐다. 부자는 망해도 삼대를 가는 법이니.

"움직이는군."

토마호크 클랜원들이 지정된 자리로 이동하는 게 보였다. 그리고 마찬가지로 지정된 위치에 '미끼'들이 옮겨졌다. 납치된 사람들이었다.

낡은 트럭에 쇠창살을 달아 만든 이동형 감옥. 세 명의 젊은 여성이 그 안에 갇혀 있었다.

–엇그제 잡아온 싱싱한 미끼들이지.

무전기를 통해 들려오는 제이콥의 목소리. 마치 이쪽을 도발하려는 것처럼 느껴졌다.

–원한다면 하나 정도는 넘겨줄 수도 있다. 보아하니 여자 맛본 지도 꽤나 됐을 텐데.

"생색내려면 성공한 다음에나 하시지."

적시운은 무감정한 어조로 대꾸했다.

—훗. 네 작전이란 걸 보고 나니 벌써부터 성공할 것 같은 기분이 든단 말이지.

"이론과 현실은 전혀 달라."

—뭐, 그렇기는 하지.

잠시 뜸을 들인 제이콥이 말했다.

—이봐, 스캐빈저. 나와 손잡을 생각은 없나?

적시운은 반사적으로 미간을 찡그렸다.

"뭐라고?"

—이 철판 쪼가리만 대강 봐도 알 수 있다. 보아하니 넌 체계적인 군사 교육을 받은 모양이군. 전투 경험도 상당한 것 같고.

"그런데?"

—지식과 경험만큼 이 빌어먹을 세상에서 가치 있는 것도 없는 법이지.

"……."

—불행히도 내 곁엔 온통 정박아 놈들밖에 없어. 이것들은 지뢰와 수류탄도 구분 못 하는 머저리들이야. 배 속만 든든하면 바랄 게 없는 짐승 같은 놈들이란 말이지.

"좋은 부하들을 뒀군."

—좋은 잡졸들이지. 죽었다 깨어나도 좋은 2인자는 될 수 없는. 그리고 나는 좋은 오른팔이 필요하다.

"딴 데 가서 알아봐."

-여기를 벗어나면 괜찮은 곳이라도 있을 것 같나? 오히려 바깥에 비하면 이곳은 천국이다. 자기네 영역만 건드리지 않으면 마수들도 얌전하고, 양옆에 끼고 다닐 계집들도 풍부하지.

"관심 없어."

-내 오른팔이 된다면 저 에메랄드 시타델(Emerald Citadel) 놈들보다 윤택하게 살 수 있다.

에메랄드 시타델. 적시운은 그 이름을 알고 있었다. 미네르바가 가르쳐 준 바에 의하면 오소독스 근방에 위치한 가장 거대한 도시라고 했다. 근방이라고 해도 족히 200㎞는 떨어져 있었지만.

-난 너를 최고의 조건으로 영입하려는 거다. 이런 특혜는 어느 누구도 받은 적이 없어. 다른 놈들이 반발할 것도 뻔하고. 나는 지금 그 모든 걸 감수하고서라도 너에게 최고의 대우를 해주겠다는 거다.

"눈물 나게 고마운 얘기군."

-비꼬지 말고 대답해라. 제안을 받아들일 테냐?

"내가 해줄 말은 하나뿐이야."

적시운은 분명한 어조로 말했다.

"거절한다."

—…….

“너희를 위해 마녀를 잡아주겠다. 그러니 너희는 내가 원하는 걸 내놔. 그걸로 우리의 동맹은 끝이다. 나는 떠날 거고, 다시는 너희와 마주칠 일이 없을 거다.”

—……흠, 그렇다는 거군.

짤막한 침묵 끝에 제이콥이 대꾸했다.

—뭐, 좋다. 이 제이콥 토마호크는 싫다는 걸 억지로 강요할 만큼의 쓰레기는 아니거든.

인간 사냥꾼이자 노예 상인 주제에?

그 말이 목구멍까지 치솟았지만 적시운은 애써 삼켰다. 사냥을 시작하기도 전에 내분을 일으켜서야 안 될 일이었다.

순간 관자놀이를 찌르는 듯한 감각.

“그녀다.”

—뭐라고?

“폭염의 마녀가 이 근처에 와 있어.”

무전기 너머로 부산스러운 소음이 들려왔다. 욕설이 뒤섞인 명령과 총기가 달그락거리는 소리였다.

—얼른 준비하란 말이다. 이 병신 같은 새끼들아!

“목소리 낮춰. 유인하기도 전에 매복을 들킬 생각이냐?”

—……흠흠. 이제 어떻게 하지?

적시운은 자리에서 일어났다.

"내가 그녀를 유인하겠다. 숨죽이고서 신호를 기다려."

–네가 직접 말이냐?

"그래."

이것만큼은 대체재가 없었다. 제이콥의 말마따나 머저리 같은 토마호크 클랜원들에게 맡겨봐야 그녀의 불꽃에 먹잇감이나 될 게 뻔했으니까.

게다가 이곳의 지형을 철저히 익혀 놓은 사람도, 트랩들이 장치된 위치와 그 작동 원리를 알고 있는 사람도 적시운뿐이었다.

'위험을 감수하는 수밖에.'

목숨을 걸어야 할 것이다. 그래도 남에게 맡겼다가 실패하는 것보다는 나았다.

'나름대로 대비책도 있고 말이지.'

적시운은 옥상에서 뛰어내렸다.

우웅!

염동력의 흐름을 파도 삼아 허공을 부유하는 적시운. 그의 몸이 전방을 향해 빠르게 활공했다. 얼마 지나지 않아 인질들이 잡혀 있는 트럭에 도달했다. 그 움직임을 감지한 듯, 폭염의 마녀가 트럭 쪽으로 다가오기 시작했다.

"뭐, 뭐, 뭐야!"

운전수 하나와 호위병 하나였다. 적시운을 보고 까무러칠

듯 놀라는 중이었는데, 그래도 제이콥에게 들은 게 있었던지 곧바로 방아쇠를 당기지는 않았다.

감옥 창살 위에 발을 얹은 적시운이 말했다.

"출발해."

"뭐, 뭐라고?"

"밟으라고. 그녀가 온다."

"그녀라면……?"

"폭염의 마녀."

"히익!"

푸짐한 몸집의 운전수가 기겁해서는 액셀을 밟았다.

부아아앙!

낡은 트럭이 요란한 배기음을 쏟으며 전진했다.

콰앙!

그리 멀지 않은 위치에서 터져 나오는 폭음. 소리로 보건대 적시운이 설치해 둔 수류탄 중 하나였다.

건물 모퉁이 너머로 흙먼지가 쏟아져 나왔다.

'타격은?'

슈우우우.

거짓말처럼 흩어지는 흙먼지. 이를 뚫고서 실루엣 하나가 튀어나왔다. 굴곡진 몸매를 그대로 드러내는 검은색 바이크 슈트. 마찬가지로 검은빛으로 이루어진, 얼굴을 온통 가리는 호흡용 마스크. 허리에 언뜻 보이는 소형 산소통.

그녀, 폭염의 마녀였다.

'120m 거리!'

대략 거리를 가늠한 적시운이 공격에 대비했다.

'과연 그녀의 사거리는?'

콰앙!

트럭 앞으로 돌연 불길이 치솟았다. 직접 타격보단 위협에 가까운 폭발이었다.

"으아, 썩을! 으아아아!"

운전수가 고래고래 비명을 질러댔다.

"저건 위협용일 뿐이다. 인질 때문에라도 직접적인 타격은 가하지 않을 거야. 그러니까 주둥이 좀 닥쳐!"

날카롭게 쏘아붙인 적시운이 이어서 말했다.

"더 밟아!"

부아아앙!

트럭이 덜컹거리며 질주했다.

"꺄아아악!"

쇠로 만들어진 우리가 거칠게 흔들리자 인질로 잡혀 있는 여자들이 비명을 쏟아냈다.

'최소 150m 이상!'

조금 전 폭발의 위력을 보건대 그녀는 못해도 반경 150m

이내 어디든지 폭염을 가할 수 있었다. 적시운보다 거리 면에서 50%나 앞서 있으며 위력 또한 갑절 이상이란 의미.

'인질이 없었다면 이미 당했을지도.'

그러나 상황은 이쪽이 유리하다.

적시운은 정신을 다잡았다.

'어떻게 쫓아올 거지?'

콰앙!

적시운의 생각에 대답이라도 하듯 그녀가 두 손을 아래쪽으로 뻗었다. 그러고는 손바닥으로부터 폭염을 분사시켰다. 마치 항공기에 사용되는 제트 엔진(Jet Engine)처럼.

폭염의 마녀는 허공을 가로질러 무시무시한 기세로 쇄도해 왔다.

'빠르다!'

6

적시운은 급히 전방을 향하여 염동력을 집중했다. 그러나 마녀를 직접 노린 것은 아니었다.

타앙!

실 끊어지는 소리가 울렸다. 미리 장치해 둔 트랩으로부터 무언가가 튀어나왔다. 대가리를 쇠못처럼 갈아 놓은 철근이었다.

적시운은 거기에 염동력을 가했다. 튀어나오던 힘에 염동력이 더해지고 마녀를 향하여 방향도 수정됐다. 조작 가능한 쇠뇌나 마찬가지인 셈.

"가라!"

쇠뇌는 황소 가죽도 일격에 꿰뚫을 기세로 그녀에게 날아들었다.

쐐액!

마녀 또한 빠르게 전진 중인 만큼 상대 속도는 배 이상. 그대로 적중한다면 즉사를 면할 수 없으리라.

'뚫을 수 있을까?'

아니었다.

화르르륵!

그녀를 중심으로 반투명한 막이 만들어졌다. 쇠뇌는 막에 닿자마자 거짓말처럼 녹아내렸다.

'플라즈마 배리어(Plasma Barrier)!'

쉽지 않으리라 예상은 했지만, 과연 그녀는 만만치 않은 상대였다.

콰앙!

트럭이 향하는 방향, 가로수처럼 늘어서 있는 건물 중 하나에서 폭발이 일어났다. 터져 나간 건물 일부가 아래로 쏟아져 장해물이 만들어졌다.

"왼쪽으로!"

끼이이익!

급커브를 튼 트럭이 넘어질 듯 기울어졌다. 적시운은 급히 염동력을 가해 트럭을 내려 앉혔다. 그사이 마녀는 지척까지 가까워졌다.

"빌어먹을 년!"

조수석에 있던 호위병이 상체를 창밖으로 내밀고는 소총을 갈겼다. 그와 동시에 마녀의 근처에서 불길이 화르륵 일었다. 발사된 탄환이 플라즈마 배리어를 뚫지 못하고 녹아내린 것이다. 대체 그 온도와 열 집중도가 어느 정도일지 짐작도 가지 않았다.

"크아악!"

호위병이 비명과 함께 소총을 놓쳤다. 힐끔 보니 소총은 시뻘겋게 달아올라 있었다.

순간 적시운의 감각이 비명을 질렀다.

'내게도 온다!'

이능력자는 이능력자의 기운을 느낄 수 있다. 랭크가 높을수록 타인의 힘을 감지하기 쉬우며 자신의 힘은 감추기 쉬워진다.

그녀는 A랭크, 반면 적시운은 BB랭크였다. 기운을 감지할 정도는 되나 정확하진 않았다. 그렇기에 경험과 본능으로 부족한 면을 메워야 했다.

'그렇다면!'

적시운은 창살 감옥 위에 올라섰다. 함부로 열을 집중시켰다간 창살 안의 인질들도 다치게 된다. 폭염의 마녀의 그간 행적에 비추어 보자면 함부로 화염을 날리진 않을 터였다.

과연 그녀는 적시운의 위치를 보고서 주춤했다. 정작 얼굴과 시선은 호흡용 마스크에 가려져 확인하기 어려웠지만.

마녀는 금세 목표를 수정했다.

퍼억!

트럭의 바퀴들이 삽시간에 녹아내려서는 펑크가 났다. 거칠게 덜그럭거리던 트럭이 이내 폭삭 주저앉았다.

"우와악!"

거친 진동에 비명을 지르던 운전수가 차 문을 열고는 뛰쳐나갔다.

"잠깐……!"

적시운이 소리치려 했으나 이미 늦었다. 폭염의 마녀는 꿩 대신 닭이라는 듯 운전수에게 손을 뻗었다.

"꺼걱, 꺼어헉!"

비명을 지르던 운전수가 푹 고꾸라졌다. 체내에 열을 가한 듯한데 그 와중에도 죽이지는 않았다.

"쳇!"

적시운은 고개를 돌려 '그것'을 장치해 놓은 곳까지의 거리를 가늠했다.

'아직 한참 남았다!'

콰드득!

급히 염동력을 가해 감옥을 트럭으로부터 뜯어냈다. 천장에 올라탄 다음 감옥 전체에다 염동력을 가해 허공에 띄워 날렸다.

여성 셋과 적시운, 거기에 강철제 감옥까지 더해진 무게. 족히 수백 kg은 되는지라 정신력의 부담이 상당했다. 그래도 이 방법뿐이었기에 적시운은 감내하기로 했다.

폭염의 마녀는 곧장 적시운을 쫓기 위해 몸을 날리려 했다. 그러나 이내 멈칫했다.

타타타타!

위쪽으로부터 쏟아진 탄환 세례.

적시운의 계획대로 배치된 토마호크 클랜원들이 엄호 사격을 시작한 것이다. 대부분은 마녀 근처까지도 닿지 못하는 형편없는 명중률. 그래도 요란하게 튀어 오르는 파편 덕분에 마녀가 쉽사리 몸을 날리지는 못했다.

'배리어를 계속 유지하는 것도 쉬운 일은 아닐 테지.'

이능력자라 하여 전지전능하진 않다. 그들의 능력에도 한

계는 분명히 존재했다. 이를 잘 파악하여 능력 배분을 현명히 하는 것이 필요했다.

폭염의 마녀도 마찬가지일 터. 만약을 대비해 힘을 아낄 수밖에 없으리라. 이쪽에 매복이 있음을 파악했다면 더더욱.

"그리고 난 그 틈에 달아나는 거지!"

한국어로 중얼거린 적시운은 재차 염동력을 가했다. 강철 감옥은 땅에서 살짝 떨어진 채 목표점을 향해 날았다.

"꺄아아악!"

"살려줘요!"

감옥 안의 여자들이 비명을 쏟아냈다. 귀가 따가웠지만 적시운은 그녀들이 계속 소리치도록 내버려 뒀다.

'약간이라도 더 마녀를 동요시킬 수 있다면…….'

아예 한발 더 나아가 감옥을 좌우로 흔들었다. 여자들의 비명이 한층 크고 날카로워졌다.

화르륵!

폭염의 마녀가 재차 온몸에 배리어를 둘렀다. 파편과 탄환들이 그녀의 근처에도 닿지 못한 채 소멸했다.

"어지간히도 열 받은 모양인데?"

콰아아앙!

여자들의 비명에 이성을 잃은 걸까? 폭염의 마녀는 점화된 로켓처럼 무시무시한 기세로 추격을 재개했다. 겨우 벌려

놓은 거리가 다시 지척으로 줄어들었다.

"쳇!"

순간 적시운의 감각이 위험을 감지했다.

'터뜨리려 한다!'

핀 포인트(Pin Point) 사격이라고 해야 할까? 인질인 여성들에겐 위해가 가지 않도록 타격을 극히 세밀한 한 지점에 집중시키는 고난이도의 기술.

지금의 경우, 목표는 적시운의 심장이었다.

'막을 수 있을까?'

아마도 불가능할 터였다. 두 사람의 능력 차이가 너무 컸으니까.

'하지만!'

적시운은 허공을 비행 중인 감옥에 가하던 힘을 없앴다. 수백 kg의 감옥이 삽시간에 바닥과 충돌했다.

퍼엉!

방파제와 부딪친 파도처럼 솟구쳐 오르는 모래벽.

"꺄아아악!"

"살려줘요!"

갇혀 있던 여자들의 비명이 어지러이 울렸다. 더불어 막대한 흙먼지로 인해 시야가 차단됐다.

갑작스러운 상황 변화 때문일까. 심장을 찌를 듯하던 감각이 사라졌다.

땅에 착지한 적시운은 급히 감옥 창살을 비틀어 열어 혼절한 여성들을 꺼냈다.

“이게 더 낫군.”

적시운은 그녀들을 염동력으로 들어 올린 채 다시 비행을 재개했다.

그 앞으로 탁 트인 광장이 나타났다. 건물들이 원형으로 광장을 두르고 있는 형태. 매복지로 삼기에 적격이었다. 물론 적시운이 그곳을 택한 이유는 비단 그 때문만이 아니었지만.

정면의 건물 옥상으로 제이콥의 무리가 보였다. 적시운은 무전기를 뽑아 소리쳤다.

“내가 보이겠지?”

-물론. 똑똑히 보인다.

“좋아. 그럼 받아!”

-받으라고? 무엇을?

적시운은 대답 대신 염동력을 가했다.

“얘네들!”

인질들이 제이콥 무리의 방향으로 날아갔다. 부하 몇 명이 총을 내려놓고는 여자들을 받아냈다.

순간 뇌리를 바늘로 찌르는 듯한 감각!

적시운은 급히 몸을 날렸다.

콰앙!

"크!"

등허리에서 큼직한 폭발이 일어났다. UN제 전투복이 너덜너덜해졌고 살갗이 시뻘겋게 익었다. 그나마도 회피한 덕에 이 정도에 그친 것. 멍청히 있었다면 심장이 익어버렸으리라.

적시운은 급히 낙법을 펼치며 땅을 굴렀다. 까칠까칠한 모래가 등허리에 닿을 때마다 미칠 듯한 고통에 머릿속이 하얘졌다.

"썩을!"

화악!

모래 먼지와 연기를 좌우로 가르며 마녀가 나타났다.

—그년이군. 이제 어쩌지?

"갈겨!"

짤막하게 소리친 적시운이 광장 중앙으로 튀었다.

이윽고 미니 건을 비롯한 중화기들이 요란한 불꽃을 쏟아냈다.

드르르르륵!

타타타탕!

광장 위로 흙먼지가 미칠 듯이 치솟았다. 여전히 명중률은 낮았지만 사방으로 튀는 파편만으로도 충분히 위협적인 집중 사격이었다.

'그녀의 반응은?'

아까와는 달랐다. 끝장을 보기로 한 듯 폭염의 마녀는 정면으로 화망을 뚫고 나왔다.

우선은 가까운 적부터라는 듯, 적시운을 향해 일직선으로 쇄도하는 그녀.

적시운의 예상대로였다.

"내가 껄끄러울 수밖에 없겠지."

자기보다 능력이 떨어지긴 해도 어쨌거나 이능력자. 보통 사람보다 상대하기 까다로운 것이 사실이다. 그렇기에 해치울 수 있을 때 해치우자고 결정했을 터. 적시운이 그녀였더라도 같은 결론을 내렸으리라.

'이게 함정이 아니었다면 말이지!'

폭염의 마녀가 목표 지점에 도달했다. 동시에 적시운은 전력으로 염동력을 펼쳤다.

"먹어라!"

"……!"

적시운의 이능력을 감지한 폭염의 마녀가 속도를 늦추는 동시에 배리어를 준비했다. 그러나 적시운은 처음부터 그녀를 노린 게 아니었다.

'목표는 지하!'

거대 도시의 특징은 보이는 게 전부가 아니라는 점이다.

예컨대 지금 이곳, 광장의 지하가 그러했다. 그곳에 존재하는 것은 3층 규모의 거대 주차장. 그리고 적시운은 그 주차장을 지탱하는 기둥들에 수류탄을 장착해 놓았다. 토마호크 클랜의 부비트랩에서 건진 것을 모두 쏟아부은 함정.

물론 수류탄의 숫자는 그리 많지 않았다. 때문에 고심을 거듭하여 붕괴시킬 기둥을 골랐다. 최소한의 수류탄 소모로 정해진 지반만 무너지게끔.

'그리고…….'

원격 기폭 장치의 역할을 하는 것은 적시운 본인의 염동력. 조금 전 펼친 염동력을 통해 각 지전의 수류탄 핀을 뽑아냈다. 한꺼번에 여러 지점에 힘을 가하는 건 결코 쉬운 일이 아니었지만, 적시운은 가까스로 해낼 수 있었다.

쿠구구구!

지하 깊은 곳에서부터 붕괴가 시작됐다.

쩌저저적!

마녀의 발아래가 천 갈래 만 갈래로 갈라졌다. 흠칫 놀란 그녀가 방향을 선회해 공중으로 치솟으려 했다.

"지금!"

적시운은 그녀에게 염동력을 가하는 동시에 소리쳤다. 그

신호를 받은 토마호크 클랜원들이 갖가지 화기를 쏟아내기 시작했다.

드르르륵!

타타타탕!

기묘한 광경이 펼쳐졌다. 무너지는 땅 위로 폭염의 마녀가 허공에 정지해 있었고, 그녀를 향해 수백 발의 탄환이 쏟아졌다.

그녀는 졸지에 세 가지를 한꺼번에 해내야 하는 상황에 놓였다. 적시운의 이능을 방어하는 동시에 무너지는 땅으로부터 탈출해야 하며, 더불어 쏟아지는 총격에도 대처해야 했다.

그 결과가 이것.

그녀는 가까스로 허공에 버티고 서 있었다. 반격은 꿈도 꾸지 못한 채.

물론 그것만으로도 경악스러운 일이긴 했다. 저 세 가지를 한꺼번에 해낸다는 건 결코 쉬운 일이 아니었으니까.

'제기랄.'

적시운은 초조해졌다. 정신력을 모조리 쏟아붓고 있음에도 그녀를 묶어두는 것이 한계였다. 그마저도 상황의 도움이 없었다면 불가능했을 일이었고.

그러나 능력의 격차는 분명한 것. 이대로 있다간 적시운이 먼저 탈진할지도 몰랐다.

"이러다가 그녀가 풀려나게 생겼어. 미니 건 이상 가는 무기는 없는 건가?"

—마침 괜찮은 게 하나 있지.

"괜찮은 거라고?"

콰앙!

대답 대신 들려온 것은 폭음.

제이콥 무리의 방향으로부터 무언가가 날아들었다. 새하얀 연기를 꼬리처럼 달고서.

'로켓 런처!'

일반 탄환과는 비교 불가의 위력. 어지간한 중형 마수들도 직격당하면 치명타를 면하기 어려운 대전차 병기였다. 그게 마녀를 향해 발사된 것이다.

쉬이이이!

발사된 로켓탄은 폭염의 마녀를 향해 일직선으로 날아들었다. 평소라면 어떻게든 대처했을 마녀였으나, 이번만큼은 도저히 대처할 여력이 없었다.

콰아앙!

로켓은 마녀의 바로 앞에서 폭발했다. 적시운은 염동력에 저항하는 힘이 사라졌음을 느꼈다.

'끝났나?'

화염과 검은 연기 사이로 무언가가 추락했다. 그것이 무엇인지는 물을 것도 없는 일. 마음만 먹으면 결정타를 가하는 것도 얼마든지 가능했다.

'하지만…….'

적시운이 고민하는 사이, 무전기를 통해 제이콥이 말했다.

─수고했다, 사냥꾼. 그리고…….

콰광! 쾅!

다시 한번 터져 나오는 폭음. 이번엔 두 발이었다. 그리고 그 목표는…….

"이런 개새끼!"

적시운은 몸을 날렸다. 그 뒤를 따라 총알 세례가 쏟아졌다. 로켓 런처에서 발사된 로켓탄들이 방향을 선회해 적시운을 쫓았다. 열추적 기능에 타깃 설정 기능까지 더해진 최신품인 모양이었다.

"쳇!"

적시운은 무너진 지하 주차장 쪽으로 내달렸다. 아직까지도 솟구쳐 나오는 먼지가 그의 모습을 가렸다. 그 뒤를 추격해 들어간 로켓들이 먼지구름 속에서 폭발을 일으켰다.

쿠구구구!

폭발로 인해 연쇄 붕괴가 일어났다. 토사가 무너져 지하 주차장을 완전히 뒤덮었다.

"놈이 뒈졌을까요?"

부하의 물음에 제이콥 토마호크는 픽 웃었다.

"제아무리 이능력자라 해도 저 낙반 속에선 살아남을 수 없겠지. 그거 확인하자고 저길 파헤칠 수도 없는 노릇이고."

그의 눈이 싸늘한 빛을 토했다.

"내 제안을 거절한 네놈의 잘못이다."

놈, 스캐빈저는 확실히 유능했다. 놈이 아니었던들 폭염의 마녀를 해치울 순 없었으리라.

그러나 놈은 지나치게 유능했다. 그리고 유능하면서도 같은 편이 아닌 자는, 결국 언젠가는 골칫덩이가 되는 법이었다. 그렇기에 죽였다. 그것이 이 비정한 황무지의 절대 철칙이기에.

제이콥은 고개를 돌려 수하들을 돌아봤다.

"골칫거리 연놈들이 함께 사라졌으니 전리품을 취할 일만 남았군."

제3장
역습

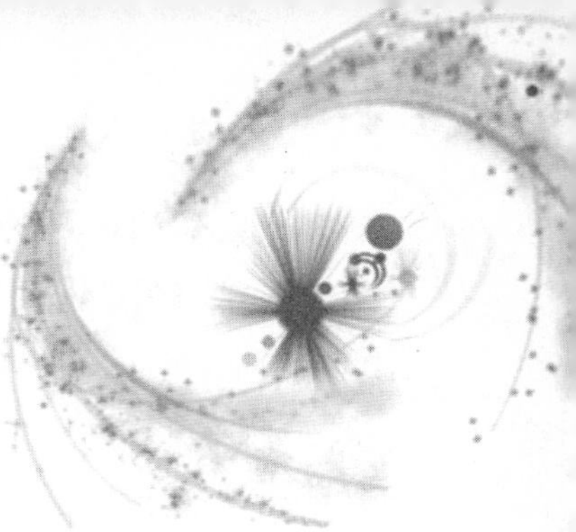

1

'여기까지는 예상대로인데.'

한 치 앞도 보이지 않는 어둠 속에서 적시운이 생각했다.

제이콥이 배신하리라는 것은 이미 예상한 바였다. 처음 이 작전을 계획하던 순간부터.

'어쩔 수 없었다.'

폭염의 마녀를 처치하기 위해선 이능력을 선보일 필요가 있었다. 그리고 제이콥의 성격상 그에 대한 반응은 두 가지로 압축될 수밖에 없었다.

'회유, 혹은 제거.'

작전에 앞서 나눈 대화는 사실상 확인 사살. 회유를 거절당했을 때 제이콥은 적시운을 제거하기로 마음먹었을 것이다.

'예상대로 말이지.'

거기까지 내다본 적시운이었기에 당연하게도 대비책을 준비해 두었다. 설마 RPG까지 동원할 줄은 몰랐지만.

"어쨌든 살아남았으니 다행이군."

적시운은 캄캄한 어둠 속을 응시하며 중얼거렸다.

붕괴된 지하 주차장. 적시운은 그곳에 있었다. 정확히는 붕괴된 부분으로부터 조금 떨어진 위치에.

지하 주차장은 광장에 필적할 만큼 광활했다. 게다가 무려 3층에 이르는 공간이 존재했던 까닭에 몸을 숨길 자리는 넘쳐 났다.

그래서 적시운은 기둥들에 수류탄을 설치할 때 한 가지 안배를 해두었다. 목표 지점으로부터 반경 50미터의 공간만이 무너지게끔 말이다.

더불어 한쪽은 낙반이 덜 무너지게끔 만들어 필요할 때 그쪽으로 빠져나갈 수 있게끔 해두었다.

"살짝 위험하긴 했지만 말이야."

열추적 로켓이 날아올 때는 눈앞이 아찔했다. 급히 내부 신관을 자극하여 터뜨렸기에 망정이지 조금만 가까웠다면 몸뚱이가 걸레짝이 되어버렸으리라.

"어쨌든 지금부터가 진짜인데."

적시운은 흙먼지가 자욱한 지하 공간에 있었다. 호흡이 불가능할 정도로 먼지가 자욱했지만, 염동력을 통해 차단할 수 있었다.

낙반이 일어난 장소와는 20미터도 떨어지지 않은 위치. 그래도 통로가 많고 곳곳에 틈이 있었기에 빠져나가는 데엔 무리가 없었다. 정작 중요한 것은 그다음이기도 하고.

"놈들은 화염의 아이들 측을 노리겠지."

폭염의 마녀가 사라진 이상 두려울 게 없을 터. 거침없이 정면으로 치고 들어갈 것이었다. 그리고 그때 토마호크 측 본진은 텅텅 비게 된다. 적시운은 그 타이밍을 노리려는 것이었다.

"놈들 전부를 상대하는 건 버겁지만, 소수의 수비 병력만이라면 문제가 없어."

놈들이 얌전히 거래에 응하리란 기대 따위는 예전에 버렸다. 그렇기에 죽은 것으로 위장하고 빈집을 털기로 한 것이다.

한 달간의 관찰을 통해 토마호크 클랜의 본질을 파악했을 때부터 준비해 둔 계획. 지금까지는 다행히 생각한 대로 맞아떨어졌다.

"우선은 기력부터 회복해야겠지."

이능력은 정신과 육체, 양쪽의 기능을 급격히 소모시킨다. 그것은 적시운이라 하여 예외가 아니었다. 한 가지 차이점이 있었지만 말이다.

'운기조식!'

시작은 천마신공의 수련을 위함이었다. 하나 한 달도 더 지난 지금에 와서는 그 추가적인 효과가 더 유용하게 받아들여지고 있었다.

운기토납의 효과는 지극히 단순하다. 소모된 체력과 정신력의 회복. 하지만 단순하다고 하여 쓸모가 적은 것은 결코 아니었다. 최소한 지금의 적시운에게 있어선 거의 느껴지지도 않는 내공의 축적보다도 기력 회복의 효과가 훨씬 소중하게 다가왔다.

"일단은 아지트로 가야겠지."

언제 붕괴될지 모르는 공간에 오래 있어봐야 좋을 것은 없을 터. 안전한 곳에서 기력을 회복하는 것이 나으리라.

그렇게 판단한 적시운이 몸을 돌렸을 때였다.

"으응……."

미약한 신음. 들릴 듯 말 듯 희미하긴 했지만 적시운은 확실히 들었다. 젊은 여성의 입에서 흘러나온 신음성을.

"……!"

홱 고개를 돌려 감지망을 펼쳤다. 이윽고 얼마 떨어지지 않은 위치에 쓰러져 있는 육체를 감지했다.

그녀였다.

"살아 있었나."

등골이 오싹해지는 기분.

총알 세례와 염동력에 의해 발이 묶인 데다 대전차 로켓에 직격당하기까지 했다. 그런데도 폭염의 마녀는 여전히 호흡을 유지하고 있었던 것이다.

적시운은 미네르바의 플래시 기능을 켰다. 육안으로 그녀의 상태를 확인하기 위함이었다.

폭염의 마녀는 피투성이였다. 상당한 출혈이 있었음에도 피 냄새가 느껴지지 않았던 건 적시운이 주변 공기를 차단시켰기 때문.

그녀가 이 흙먼지 속에서 호흡을 유지할 수 있었던 것은 반쯤 부서진 호흡 마스크 덕분인 듯했다.

"그래도 다행인걸, 제때 발견해서."

숨통을 끊어야 한다.

적시운은 속으로 뇌까렸다. 여자라 하여, 어리다 하여 봐준다는 것은 너무나 순진한 생각이었다. 실제로 그런 친절을 베풀었다가 개죽음을 당한 동료들을, 적시운은 전장에서 몇 번이고 보았다.

마수들에 의해 폐허가 된 세계. 그 안에서 동정심을 품는다는 건 '나 호구'라고 외치는 꼴이나 다름없었다.

압도적인 힘을 지닌 강자라면 또 모를까.

강자라면 동정심도 여유도 허용됐다. 그 모든 허술함을 메우고도 남을 정도의 강자라면.

적시운은 그렇지 않았다. 그렇기에 어설픈 아량을 베풀 순 없었다. 비록 그녀가 상처투성이라 해도 만에 하나 회생할 가능성이 있다면…….

"후환을 없애야 해."

적시운은 허리로 손을 가져갔다.

지저분한 폐허에서 건진 자그만 손칼. 날이 반쯤 빠져 있어 고깃덩이조차 자르기 힘든 폐품이었다.

그래도 여자 한 명을 죽이기엔 충분하다. 동맥에 갖다 댄 후 살짝 그으면 끝이었다. 이능력자라 한들 결국 인간. 사람 하나 죽이는 일은 그토록 간단한 것이었다.

손칼의 날 끝이 마녀의 호흡 마스크를 건드렸다. 반쯤 깨져 있던 마스크가 옆으로 흘러내렸다.

"……."

동양적인 외모의 얼굴이었다. 나이는 17, 18세쯤 됐을까. 이목구비가 상당히 뚜렷한 걸 봐선 백인의 피도 섞여 있는 모양이었다. 물론 적시운이 알 바는 아니었다. 오늘 이후로

다시는 볼 일 없는 얼굴이었으니까.

'제거한다!'

결심을 다진 적시운이 그녀의 하얀 목에 칼을 가져갔을 때, 살짝 벌어진 입술 사이로 신음성이 흘러나왔다.

"오빠……."

"……오빠!"

"……!"

흠칫 놀라 몸을 일으키는 적시운의 이마에 단단한 무언가가 부딪혔다.

딱!

"아야!"

두개골과 두개골이 살갗을 사이에 두고 키스하는 소리.

이마를 부딪친 장본인이 데구루루 뒤로 굴렀다.

"갑자기 일어나면 어떡해!"

"갑자기 소리를 지른 네 잘못은 없고?"

"흥! 몇 번이나 불렀는데도 반응이 없으니까 그렇지."

적시운은 재차 몸을 일으켰다.

졸지에 박치기를 당한 당사자는 여전히 아픈 듯 이마를 문

지르고 있었다.

“아야야…….”

“많이 아파?”

“혹 난 것 같아. 내 미모 망가지면 다 오빠 책임인 줄 알아.”

“거기서 더 망가질 미모가 어디 있다고?”

“우우!”

여동생, 적세연은 심통이 난 듯 적시운의 볼을 꼬집었다. 그렇게 아프진 않았지만 적시운은 예의상 얼굴을 찌푸려 주었다.

“아프다, 동생아.”

“미인을 알아볼 줄 모르는 사람은 좀 아파도 돼.”

“오빠 이마에 박치기를 하는 여동생은 괜찮고?”

“오빠가 박은 거잖아!”

“누가 거기에 머리를 대고 있으랬나. 그나저나 여기는 또 어떻게 찾았어?”

오빠의 볼에서 손을 뗀 적세연이 두 손을 허리에 얹었다.

“우중충한 장소에서 죽치고 있는 거, 오빠 취미잖아. 쉰내 나는 곳들을 샅샅이 뒤졌지 뭐.”

“뭐가 우중충하다는 거냐?”

불만스럽게 투덜거린 적시운의 뒤로 붉은 햇살이 떨어졌다. 반대편에 서 있는 적세연의 머리칼이 빨간빛으로 물들었다.

하늘을 분홍빛으로 물들이는 석양. 요즘 같은 시대엔 쉽사리 보기 힘든 광경이었다.

"와."

"멋지지? 여기가 특등석이야."

남매가 서 있는 곳은 폐허가 된 스타디움이었다. 원래는 야구 경기용 돔구장이었다는데, 지금 남아 있는 것은 반쯤 남은 철골과 지붕뿐이었다.

"그나저나 너, 제정신이야? 무너지기라도 하면 어쩌려고 여길 올라와?"

"그러게? 내가 미쳤지. 누가 식사 시간도 까먹고서 여기서 낮잠 자고 있지만 않았어도 여기 올 일은 없었을 텐데."

"한마디도 지질 않는구나."

"나한테 고마워하시지? 언니한테 안 혼나게 해줄 테니까."

"밥 시간 놓친 거?"

"귀여운 막내를 요런 위험한 데에 오게 한 거. 언니한테는 말 안 할 테니까 고마워하셔."

온 건 너잖아.

적시운은 그렇게 반박하려다 포기했다. 어차피 말꼬리 잡혀서 잔소리나 들을 것이 뻔했기에.

"예예, 적세연 아씨의 성은이 참으로 망극합니다. 이 은혜에 제가 어찌 보답해야 할지 눈앞이 캄캄하네요."

"같이 가서 밥 먹으면 돼. 얼른 가자."

남매는 손을 잡고 계단을 내려갔다.

폐허가 된 도시. 대전의 구시가지는 인류의 무덤을 축소시켜 놓은 듯했다. 뼈대만 남은 건물, 반으로 꺾인 가로등, 10층 높이 건물의 등허리를 꿰뚫고서 박혀 있는 지하철…….

바로 아래, 지하에 위치한 신서울 지하 도시와 비교하자면 더더욱 을씨년스러워지는 풍경이었다.

그 거리 위를, 남매는 노을을 배경 삼아 거닐었다.

"오빠, 여기도 언젠가는 재건될 수 있을까?"

"글쎄."

"윗사람들은 별생각 없대?"

"내가 윗사람이 아니라서 모르겠다."

"7급 공무원이면 그래도 좀 높은 거 아냐?"

"말단이야, 말단."

"흐응."

언젠가는 지상으로 돌아가리라.

이는 지하 도시에 둥지를 튼 국가들의 공통된 목표였다. 그러나 수십 년이 지난 지금 보자면 사실상 유명무실해졌다고 해도 과언이 아니었다.

마수들은 여전히 막강했고 지하 도시는 생각 이상으로 안락했다.

최첨단 기술은 모든 것을 가능케 했다. 지하에서도 자급자족이 가능한 시스템이 구축됐다. 더불어 거주민들을 보호할 능력 또한 갖춰졌다.

마수들은 의외로 지하 도시를 적극적으로 공격하지 않았다. 그리고 무엇보다도…….

'인구수가 적당했지.'

너무나 많은 이가 죽었기에 아이러니하게도 생존자들의 안락함이 보장됐다.

신서울 지하 도시만 해도 그랬다. 인구가 100만을 넘기지만 않는 이상, 도시는 충분히 구성원들에게 윤택한 삶을 보장할 수 있었다.

그리고 현 신서울의 인구는 50만. 인구 조절만 적당히 한다면 얼마든지 풍요로운 삶을 누리는 게 가능했다.

'그 사실에 만족해야 하는 걸까.'

적시운은 항상 그게 의문이었다. 지하 도시 공습에 소극적인 마수들을 보자면 뭔가 의도적이란 느낌이 항상 들었던 것이다. 마치 인간들을 한곳에 가둬놓은 채 관찰하겠다는 것처럼.

'놈들은 대체…….'

"저기, 오빠?"

적시운은 고개를 들었다. 적세연은 꺼지기 전의 촛불 같은 황혼을 바라보고 있었다.

"전에 나 입학 선물 사준다고 했었잖아. 기억해?"

"그랬었지."

얼마 후면 신학기가 시작된다. 적세연 또한 새 교복을 입고서 등교하게 될 것이다. 안 그래도 예쁘다고 집에서도 자주 입고 다녔고.

적세연은 꺼져 가는 햇살 속에 빙긋 웃었다.

"전에 봐둔 통신기 하나 있거든? 그걸로 부탁할게."

"통신기?"

요즘 세상에 통신기라 하면 주파수 도약식 군용품이 대부분이었다. 여고생이 좋아할 법한 물건과는 백만 광년쯤 떨어진 모양을 한.

"통신기는 왜? 차라리 신형 휴대 전화기를 사달라고 하지."

"어휴, 노인네같이. 휴대 전화기가 뭐람. 신형 폰이겠지."

"그래그래. 뭐가 됐든."

적세연이 발끝의 자갈을 톡 차냈다.

"통신국 박살 나면 전화는 못 쓰잖아. 정작 중요할 때 먹통이 되면 어떡해?"

"세연이, 너……."

"나 위험해지면 구해줄 사람은 오빠밖에 없잖아. 그러기 위해선 연락이라도 재깍재깍 해야 하지 않겠어?"

항상 해맑던 여동생의 얼굴에 그림자가 생겨났다.

"그래 줄 거지? 나 위험해지면 오빠가 구해줄 거지?"

이틀 전이었던가. 적세연의 소꿉친구가 세상을 떠났다고 했다. 적세연과 달리 신서울 지하 도시에 입주하지 못해 헤어져야 했는데, 얼마 전 마수들의 대대적인 습격에 희생됐다고 했다.

지상에 남게 된 이들의 운명과도 같은 것이었다. 거친 풍파에 이 악물고 맞서거나, 휩쓸려서 스러지거나.

그 때문일 것이다. 그녀의 얼굴에 드리워진 그림자는.

"구해줄 거지?"

적세연이 다시 물었다. 꼭 대답을 들어야겠다는 듯.

당연한 소리를.

적시운은 속으로만 중얼거렸다.

'내 목숨을 바쳐서라도 너만은…….'

그러나 입 밖으로 꺼내진 않았다. 아무래도 쑥스러웠으니까.

"너 하는 거 봐서."

"치, 나처럼 천사 같은 여동생이 어디 있다고?"

"그러고 보니 S급 마수 중에 천사 비슷한 게 있었는데,

설마?"

"오빠!"

우중충하던 분위기가 조금은 환기됐다. 적시운은 적당한 농담으로 화제를 돌렸다. 마지막까지 꺼내지 못한 말을 속으로만 삭인 채.

'너만은 내가 반드시 지켜줄 거야.'

구울 무리가 적세연이 다니는 고등학교를 습격한 것은 한 달 후의 일. 적시운은 그 자리에 제때 도착하지 못했다.

촛불 하나만 고요히 일렁이는 아지트 내부.

적시운은 팔짱을 낀 채 미간을 찡그리고 있었다.

"젠장."

적시운의 발치에 널브러져 있는 것은 아담한 체구의 여성.

방열 처리가 되어 있는 검은 슈트가 굴곡 있는 몸매를 그대로 드러냈다. 정작 적시운은 그녀의 몸엔 눈길 하나 주지 않고 있었지만.

"멍청한 새끼."

적시운은 재차 욕설을 중얼거렸다. 자기 자신을 향한 질책이었다.

오빠, 고작 그 한마디에 마음이 흔들리다니.

물론 참작의 여지가 있기는 했다. 폭염의 마녀가 중얼거린 것은 분명 한국어였으니까. 그러나 적시운은 이내 고개를 저었다.

"참작은 개뿔!"

미국 내로만 한정 짓는다면 한국계 동양인은 중국계와 일본계에 이은 인구수 3위. 물론 전쟁 이전의 통계이긴 하지만, 결코 적은 숫자는 아니었다.

그런 만큼 그녀가 한국어를 내뱉었다고 하여 이상할 것은 없다. 오빠라는 단어 또한 마찬가지. 충분히 일어날 수 있는 일이 아닌가. 세상에 오라비를 가진 여자가 드문 것도 아니었고 말이다.

이성적으로 판단하건대 마음이 동요할 이유 따윈 없었다. 문제는 사람에게 이성만 있는 게 아니란 점이랄까.

"……."

마녀의 상처는 대충 응급치료만 해두었다. 응급치료라 해봐야 깨끗한 헝겊으로 지혈해 놓은 정도였지만.

적시운은 일단 상황부터 정리하기로 했다.

"내게 남아 있는 시간적 여유는?"

토마호크 클랜이 당장 움직일 가능성은 높아 보이지 않았다. 마녀를 잃은 화염의 아이들이야 그들에게 있어선 언제든 사냥할 수 있는 먹잇감일 테니. 충분히 휴식을 취한 후에 확실하게 섬멸하려 들 가능성이 높았다.

“그 타이밍을 노리면 되겠지.”

주력 부대가 빠진 빈집으로 치고 들어가 이동 수단 및 연료를 확보 후, 이 빌어먹을 도시를 떠난다.

심플하면서도 확실한 계획이었다.

“다만 문제라면 그 이후인데…….”

본진을 지키는 무리를 전멸시킨다면 모를까, 이 계획대로라면 적시운이 살아 있다는 게 필연적으로 알려질 수밖에 없다.

아니, 전멸시킨다고 해도 정황으로 알아챌 확률이 높았다. 그 경우 분노한 토마호크 클랜 측에서 추격대를 풀 가능성이 높았다. 물론 현 상황에선 어쩔 수 없이 감내해야 할 리스크이긴 했다.

추격자가 두려워 멍청히 있다간 그나마 있는 기회마저 사라질지도 모르기에.

“죽이 되든 밥이 되든 일단 질러보는 수밖에.”

우선은 눈앞의 문제부터 해결하고 나서.

적시운은 미간을 찌푸렸다.

“젠장.”

다시 제자리였다. 결국 인정할 수밖에 없었다. 지금 안절

부절못하는 것은 모두 그녀 때문이란 걸.

적시운은 자기 자신에게 물었다.

그녀를 살려야 할 이유가 있을까?

"한국어를 사용하는 동양계 무리라면 어쩌면 한국 쪽 사정에 대해 알고 있을지도 모른다."

그렇게 중얼거려 봤으나 신빙성 높은 가설 같진 않았다. 미국 자체가 초토화된 이상 한국과의 연락은 오래전에 끊어졌을 테고, 무엇보다 한국계라 하여 한국에 정통한 것은 결코 아니었다. 그러니 제거하면 그만이다. 그편이 후환을 남기지 않는다는 점에서도 합리적이다.

"……."

그게 안 되니 이리 고민하는 것이지만.

"쯧."

적시운은 결국 혀를 차며 자리에서 일어났다. 이래 봐야 결론이 나지 않을 터. 혼자서는 도저히 판단을 내리기가 힘들었다. 결국은 타인의 힘을 빌려야겠다는 답에 도달했다.

"……그걸 타인이라 부를 수 있다면 말이지."

"간단한 얘기로군. 자네의 양심이 제 기능을 하고 있는 걸세."

"쳇, 남의 일이니까 그렇게 쉽게 말할 수 있는 거지."

"본좌는 남이 아닐세. 전에도 말했듯이……."

"내 머릿속 망상 비슷한 뭔가라는 거지. 천마의 꼬락서니를 한."

"앞서 본좌가 정곡을 찌르긴 했나 보군."

"뭐가?"

"자네의 말에 가시가 돋아 있지 않나. 심리적으로 위축되어 있으니 정신적 방어기제가 발동하여 감정적인 반응을 보이는 것 아니겠나?"

이 작자는 확실히 천마가 아니다. 적시운은 그렇게 생각했다. 정녕 천 년 전의 무인이 심리가 어쩌니 방어기제가 어쩌니 떠들어 댈 수 있겠는가 말이다.

"머릿속에는 싸움박질 생각밖에 안 들어 있는 인간일 텐데."

"어떻게든 본좌를 폄하하려 드는군. 그만큼 자네가 심리적으로 위축되어 있다는 뜻일세."

"……."

운기조식을 취할 때마다 으레 일어나는 현상.

적시운의 무의식이 만들어냈다는 천마의 망령이었다. 처음 만난 이후 한 달이 지난 지금은 거의 만담 상대에 가깝게

변해 있었다. 주변을 찾아봐도 대화할 대상이 없다 보니 결국 머릿속 망령이라도 찾을 수밖에 없었던 것이다.

"내가 미친 거지. 안 그래도 혼잣말도 자꾸 늘어나는데."

"어쩌면 그 처자가 좋은 말동무가 되어줄 수도 있겠지."

"그 처자?"

"자네가 살려준 아가씨 말일세."

"개소리."

적시운은 딱 잘라 말했다.

"살려준 건 나라지만 죽이려 한 것도 나야. 게다가 내 덕에 자기네 무리가 몰살당하게 됐는데 퍽이나 말동무가 되어주겠군."

"아직 몰살당하진 않았지. 토마호크 클랜이 움직이지 않았으니."

"몰살은 시간문제야."

"그 말은 곧, 대비할 수 있는 시간이 남아 있다는 의미이기도 하지."

"빌어먹을. 대체 하고 싶은 말이 뭐야?"

"자넨 이미 알고 있네. 나는 자네의 머릿속에 존재하는 그림자일 뿐이니."

그럴 것이다. 비록 천마의 외관을 했다고는 하나, 저것은 엄연히 적시운의 무의식에서 떨어져 나온 파편이니까.

사실 한 가지 계획이 더 있기는 했다. 가능성을 보장하기는 어려웠지만.

"폭염의 마녀와 손을 잡아 토마호크 클랜을 일망타진한다."

"그걸세."

"하지만 이미 늦었어. 그 계획은 폐기된 거나 마찬가지야."

"꼭 그렇지만도 않다고 보네만."

적시운은 순간 울컥했다. 대체 이놈의 무의식은 왜 이리도 주인에게 반하는 소리만 지껄인단 말인가.

"저 여자와 내 사이의 관계는 최악이야. 이미 서로를 죽이려 들었던 만큼 신뢰를 쌓는다는 건 불가능에 가까워. 게다가 설령 힘을 합친다 한들, 저 몸 상태로는 별 도움이 되지 않아."

"그럴지도. 하지만 자네는 그 경우를 대비한 계획도 세워두지 않았던가?"

"……."

머릿속이 약간은 정리된 듯한 기분. 그러나 그다지 상쾌하진 않았다. 어느 쪽이 됐든 결코 순탄한 방향은 아니었으니.

적시운은 두 손을 들었다.

"이 얘기는 그만하자고. 더 하다간 정말 머리가 터져 버리겠어."

"자네가 원한다면 그러세."

"그나저나 그 주먹질 말인데."

"천랑섬권(天狼閃拳) 말인가?"

"그래, 뭐가 됐든. 하여간 그 이름만 거창한 거, 대체 얼마나 수련해야 써먹을 만하게 되는 거지?"

"고작 한 달 수련해 놓고 바라는 게 많구먼."

"그래도 한 달이나 했는데 나아지는 게 없으니까 그렇지."

적시운은 주먹을 그러쥐었다.

지난 한 달간 반복한 것은 오로지 동일한 동작 하나뿐. 다리를 벌리고, 자세를 낮추고, 주먹을 내뻗는 것뿐이었다. 그런데도 눈에 띄는 진보가 있었느냐 하면 결코 아니었다. 하다못해 운기조식조차도 내공이 쥐꼬리만큼씩이나마 쌓이는 게 느껴지는데, 이놈의 주먹질은 좀처럼 그런 기미가 보이지 않았다.

"내가 엉터리라서 그런 것 같다는 생각만 자꾸 든단 말이야. 자세가 잘못된 건지, 그게 아니면 다른 어딘가에 문제가 있는 건지, 혹은 내게 재능이 없는 것인지도 모르지."

"흐음."

"누가 속 시원히 말해주기라도 했으면 좋겠다고. 자질이 없으니 때려치우라고 말이야."

"본좌가 그렇게 말해주었으면 한다는 건가?"

"어쩌면. 내 망상에 가깝다지만, 어쨌든 댁은 천마의 기억이 만들어낸 존재라며?"

"당장 본좌가 말해줄 수 있는 조언은 하나뿐이라네."

천마가 말했다.

"계속 정진하게. 낙숫물은 언젠가 댓돌을 뚫는 법일세."

"……말이나 못하면."

"별수 없는 일 아니겠나? 본좌는 자네 말마따나 기억이 빚어낸 그림자에 불과할진대."

천마는 의미를 알기 힘든 미소를 지었다. 적시운이 불만에 차 있지 않았다면 그 미소가 제자를 바라보는 스승의 웃음과 같다고 생각했을 것이다.

"하나의 실패, 약소한 전진. 그 모든 것은 자네의 육체 안에 고스란히 각인되어 있네. 그러니 조급해하지 말게. 축적된 경험은 결코 자네를 배반하지 않을 걸세."

"천마……."

"그보다 지금은 일단 눈부터 떠야 할 것 같네만."

"어째서지?"

"자네의 운기조식은 한참 전에 끝났고 그녀가 깨어나려 하고 있으니까."

"……!"

적시운은 눈을 떴다.

"……."

아지트 내부의 공기는 눈에 띄게 데워져 있었다. 운기조식의 과정에서 적시운의 육체가 열을 발했기 때문이다.

몇 걸음 떨어지지 않은 자리엔 폭염의 마녀가 누워 있었다. 두 다리와 팔이 결박된 상태로.

이능력을 원천 봉쇄하기 위해 그녀의 몸에 기름을 듬뿍 뿌려놓았다. 약간의 마찰열만으로도 온몸에 불이 붙게끔 말이다.

물론 불 자체는 그녀의 몸을 해칠 수 없다. 열에 대한 면역력은 화염술사의 기본 능력이었으니. 하지만 호흡의 경우는 얘기가 다르다. 몸에 불이 붙게 되면 호흡이 차단될 터. 그녀는 삽시간에 질식 상태에 빠질 것이다. 기름에 붙은 불은 쉽사리 꺼지지도 않을 테고.

그것만으로도 충분했다. 머저리가 아닌 이상은 함부로 이능력을 발할 수 없으리라.

"으음……."

깨어나기 직전의 미약한 신음. 적시운은 불을 밝힌 채 기다렸다.

폭염의 마녀가 눈을 떴다.

"……!"

두 사람의 눈빛이 한순간 마주쳤다.

일개 중대 규모의 적을 섬멸한 무시무시한 이능력자. 그러나 적시운을 바라보는 그녀의 눈빛은 그런 위명과는 너무나 거리가 멀었다.

상당한 경계심과 약간의 공포, 그리고 다급함.

그녀가 입을 열기에 앞서 적시운이 선수를 쳤다.

"우리말을 할 줄 아나?"

"……?"

한국어로 물었으나 돌아오는 것은 당혹감 가득한 눈빛뿐이었다.

적시운은 다시 영어로 물었다.

"한국어를 모르나?"

"한국…… 이 뭐죠?"

생각보다 앳된 음성. 그녀의 외모와 어울리는 목소리란 생각이 들었다. 중화기마저 능가하는 힘을 지닌 상급 이능력자에 걸맞은가 하면 결코 아니었지만.

"한국어를 모르는데 그 단어는 어떻게 알았지?"

"그 단어……?"

뭔가 대화가 지지부진한 느낌.

적시운은 살짝 짜증이 났다.

"됐어. 중요한 내용도 아니니 집어치우지."

차라리 잘됐다는 생각이 들었다.

"본격적인 대화에 앞서 미리 경고하겠다. 나를 공격할 생각 따윈 버리는 게 좋아. 지금의 너는 그럴 만한 상태도 아니고, 나 또한 이미 대처를 다 갖춰놓았으니."

"……."

처음부터 공격할 생각 따윈 없었다는 듯한 시선.

적시운은 내심 혀를 찼다. 최소한 지금까지의 감상만 보자면 그녀는 전투나 전술 같은 것과는 한참 거리가 먼 듯한 인상이었다.

'그러고 보면 움직임 자체도 상당히 단조로웠지.'

그런 생각이 드니 정작 화두를 꺼내기가 애매해졌다.

적시운이 잠시 침묵하는 틈을 타 그녀가 말했다.

"당신은 그 사람들의 편이 아닌 것 같아요."

"왜 그렇게 생각하지?"

"그때, 날 죽일 수 있었는데도 그러지 않았잖아요."

"그때라니?"

"가까이에서 로켓이 터졌을 때, 당신이 힘을 가했다면 그대로 끝장이 났을 테죠. 내겐 더 이상 저항할 힘이 남아 있지 않았으니까요. 하지만 당신은 그러지 않았어요."

"네가 폭발로 인해 죽었다고 생각했으니까."

"그럼 나를 살려서 데려온 이유는요?"

"……."

"당신은 나쁜 사람이 아니에요. 그런데 왜 그 악당들에게 협력한 거죠?"

적시운은 눈살을 찌푸렸다. 멍청히 있다간 그녀의 페이스에 말려 버릴 것 같았다. 그래서 차가운 어조로 단언했다.

"나 역시 악당이니까. 널 죽이려고 함정을 판 걸 보면 모르겠어?"

"하지만……."

"입 다물어. 질문을 할 사람은 나고, 네가 할 일은 묻는 말에 답하는 것뿐이니까."

"자, 잠깐만요! 하나만 대답해 줘요. 내가 정신을 잃은 뒤로 얼마나 지났죠?"

"내가 왜 대답해야 하지?"

"제발……."

애처로운 표정으로 바라보는 그녀. 도저히 폭염의 마녀라는 이름과는 어울리지 않는 얼굴이었다.

결국 적시운은 나직이 대꾸했다.

"하루가 조금 지났다."

"아……."

그녀의 얼굴이 약간 이완됐다. 안심한 듯한 기색. 물론 아직까진 걱정스러움이 더 진하게 묻어 있긴 했다. 그 나이 또래의 소녀라면 응당 떠올릴 법한 그런 표정 말이다. 적시운이 작전을 마치고 돌아올 때마다 여동생 적세연이 짓던 표정과도 비슷했다.

'왜 하필 지금 그 생각이…….'

적시운이 이를 악무는 가운데, 그녀가 재차 입을 열었다.

"제이콥 토마호크와는 이미 관계가 틀어진 거죠? 무슨 제안이 오갔는지는 몰라도 그자가 약속을 지켰을 리가 없어요. 그러니까 제가 아직 살아 있는 것일 테고요."

적시운이 대답하지 않자 그녀가 이어서 말했다.

"우릴 도와주세요. 당신이 원하는 게 뭐든지 들어드리겠어요."

2

어느 정도는 예상했던 제안. 그러나 적시운은 솔깃하다는 기색을 조금도 보이지 않았다. 설령 혹하는 마음이 있다 한들 지금은 평정을 유지해야 할 때였기에.

"토마호크 놈들이 했던 말과 딱히 다를 것도 없군."

"우린 그 악마들하고는 달라요."

"입증하지도 못할 말은 꺼내지도 마. 내게 있어선 너희나 놈들이나 다를 바가 없어."

"우린 사람을 잡아 내다 파는 짓 따위는 하지 않아요!"

앙칼진 외침에 적시운은 눈살을 찌푸렸다. 그런 그를, 폭염의 마녀는 눈물이 그렁그렁한 눈으로 노려봤다.

"……일단은 이름부터 물어야겠군. 꼬박꼬박 폭염의 마녀라 부르기도 뭐하니."

"난 마녀가 아니에요."

"네게 당한 놈들은 그렇게 생각하지 않을걸. 여하간 이름이나 말해."

잠시 주저하던 폭염의 마녀가 말했다.

"세실리아. 사람들은 세실이라고 불러요. 당신은요?"

"사냥꾼. 스캐빈저. 좋을 대로 불러."

"그게 본명은 아닐 것 아니에요?"

"……적시운."

"잭 시온(Jack Sion)?"

"그게 아니라……."

적시운은 입을 다물었다. 저깟 여자애가 뭐라 부르든 뭔 상관일까 싶었기에.

"당신의 목적은 뭐죠?"

세실리아가 물었다.

적시운은 잠시 생각하다가 대꾸했다.

"우선은 이 도시를 벗어나는 것. 그리고 충분히 발전된 지역으로 향하는 것."

"에메랄드 시타델 같은 곳 말인가요?"

"그래."

아마도 그곳에서라면 항공기를 확보할 수도 있을 것이다. 정보가 불명확한 지금으로서는 그저 희망 사항에 불과했지만.

"내겐 적당한 이동 수단과 연료가 필요해. 그리고 토마호크 놈들은 그 모두를 보유하고 있지. 그래서 놈들과 손을 잡았다."

짤막하게 설명한 적시운이 씁쓸히 덧붙였다.

"뒤통수를 거하게 맞긴 했지만."

"……."

세실리아의 표정이 눈에 띄게 경직됐다.

"고작 그 때문에 그 노예 상인들과 손을 잡았다고요? 자동차 한 대와 약간의 연료 때문에?"

"선택의 여지가 없었으니까."

"우릴 찾아왔다면 얼마든지 도와줄 수 있었을 거예요!"

귀를 찌르는 외침에 적시운은 눈살을 찌푸렸다.

세실리아는 격앙된 어조로 말을 쏟아냈다.

"선택의 여지가 없었다고요? 우리에 대해 대체 뭘 알고 있다고 그런 소리를 하죠? 당신 같은 사람이 적이 아니었다면, 우리와 힘을 합칠 수만 있었다면……."

감정이 격해진 듯 말을 잇지 못하는 세실리아.

적시운은 그런 그녀를 물끄러미 응시하다가 말했다.

"확신이 없었으니까."

"확신이라고요?"

"그래, 같은 이능력자라지만 넌 A랭크고 난 B랭크다. 능력의 격차가 그야말로 하늘과 땅 차이지. 그런 네 앞에 함부로 나섰다가 내가 새카만 석탄 꼴이 돼서 나뒹굴지 않을 거라고 어떻게 장담할 수 있지?"

"나, 난 절대 그런 짓을……."

"하지 않는다고 내가 어떻게 확신할 수 있느냐는 거다."

"그건……."

"난 너희가 잘못됐다거나 그르다는 말을 하려는 게 아냐. 단지 너희보다는 토마호크 클랜이 접촉하기에 용이했고, 보다 풍족한 입장이었다는 거지. 그래서 놈들을 선택했을 뿐이다."

"……."

"솔직히 말해 내 입장을 네게 납득시킬 이유 같은 건 없다. 날 개자식이라고 생각한다면 좋을 대로 해. 네가 날 어떻게 여기든 상관없으니까."

"나, 나는……."

세실리아가 고개를 푹 숙였다. 그녀가 흐느낄 것 같다는 생각에 적시운은 눈살을 찌푸렸다. 그러나 세실리아는 흐느끼는 대신, 반항이라도 하듯 고개를 치켜들었다. 눈가는 촉촉하게 젖어 있었지만 그녀는 적시운의 시선을 피하지 않았다.

"이제야 좀 폭염의 마녀 같은 느낌이 나는군."

"그 별명, 좋아서 달고 사는 게 아니에요. 애초에 싸우고 싶어서 싸움을 시작한 것도 아니고요."

"그럴 테지."

"당신이 어떤 사람인지는 잘 알겠어요. 그러니 더는 감정에 호소하지 않겠어요. 당신 같은 냉혈한에겐 통하지도 않을 테니."

"좋을 대로 해."

"날 살려뒀다는 건 그럴 만한 이유가 있기 때문이겠죠? 그 노예 상인들에게 배신당하지 않았던들 날 빼돌리지도 않았을 테니까요."

꼭 그런 것만은 아니었지만 적시운은 일단 정보를 짜내기로 했다.

"너희 측 병력은 어떻게 되지?"

"이제야 우리와 협력해 싸울 마음이 든 건가요?"

"묻는 말에 대답이나 해."

세실리아는 입술을 살짝 깨물었다. 그녀의 눈동자에 한순간 갈등의 빛이 스쳤다.

"솔직하게 말할게요. 거짓말을 하고 싶진 않으니. 싸울 수 있는 인원은 50명이 채 안 돼요. 가지고 있는 무기는 그보다도 적고요."

예상대로였다. 화염의 아이들 측 전력의 대부분은 그녀, 폭염의 마녀가 차지하고 있었던 것이다.

"기대에 부응하지 못해 미안하네요. 우리에겐 당신이 원하는 만큼의 힘은 없어요."

세실리아의 목소리가 촉촉이 젖었다.

"도와달라고는 하지 않겠어요. 그냥 날 풀어줘요. 대가는 어떻게든 지불할 테니……."

"그것도 네가 살아남았을 때의 얘기 아닌가?"

그녀의 생각이야 뻔한 것이었다.

'또다시 홀로 토마호크 클랜을 상대하려는 거겠지.'

그리고 이전과 달리 이번엔 승산이 희박했다. 이미 세실리아의 몸은 만신창이였다. 족히 수일을 요양해야 할 상처만 여럿이었고 출혈량도 상당했다.

육체의 약화는 곧 정신의 약화로 이어진다. 초인적인 정신력만으로 극복하는 것도 한계가 있는 법이었다. 하물며 적시운처럼 운기조식을 통해 기력을 회복할 수조차 없는 상황. 지금의 그녀는 본연의 능력 중 절반도 제대로 발휘할 수 없을 터였다.

세실리아의 볼을 타고 눈물이 흘렀다.

"죽어도 마을 사람들과 같이 죽겠어요. 그러니 날 풀어줘요. 부탁이에요!"

"내가 왜 네 말을……."

"오빠!"

적시운이 움찔했다. 그 반응을 본 세실리아가 결심 어린 얼굴로 말했다.

"당신이 말했던 그 단어, 이거 맞죠?"

"아냐."

"거짓말! 조금 전의 반응만 봐도 알아요. 부탁이에요, 오빠. 네? 오빠! 오빠! 오빠!"

적시운은 미간을 찡그렸다.

예상했던 것은 닳고 닳은 베테랑과의 대화였는데, 현실은 순진무구한 젖먹이를 상대해야 하는 상황이라니. 그녀의 행동 하나하나가 예상 밖이었기에 난감하기 짝이 없었다.

"한국어는커녕 한국 자체를 모른다면서 그 단어는 어떻게 알고 있는 거야?"

"큰할머니가 가르쳐 주셨어요. 마법의 단어 같은 거라고, 언제라도 달려와 자신을 구해줄 사람을 부르는 표현이라고."

적시운은 하마터면 비명을 토할 뻔했다.

"……큰할머니라고?"

"그래요."

"그녀는 한국…… 아니, 동양인인가?"

동양인이란 단어도 모를까 싶었지만 그건 아니었다. 세실리아는 고개를 끄덕이며 말했다.

"그래요, 저나 당신처럼."

적시운은 떨리는 가슴을 애써 진정시키고서 재차 물었다.

"지금이 몇 년도인지 알고 있어?"

"몇 년도?"

"서기 몇 년도냐 말이다."

세실리아의 얼굴에 당혹감이 피어났다.

"몰라요. 지금이 제국력으로 32년이란 건 알고 있지만……."

"젠장."

적시운은 신경질적으로 머리칼을 움켜쥐었다. 세실리아의 한마디로 인해 상황이 바뀌었다. 물론 아직까진 온통 추측뿐이긴 했지만…….

'만약 내가 원래의 시간대보다 미래로 온 거라면?'

예상한 것보다 지나치게 먼 미래로 돌아와 버렸고, 적세연은 긴 세월에 노화하여 세실리아가 말하는 큰할머니가 되어 버렸다.

불가능한 일만은 아닐 터. 하물며 이미 지나치게 먼 과거로 간 전적이 있는 적시운이라면 말할 것도 없었다.

'만약 그런 거라면……!'

생각하는 것만으로도 미쳐 버릴 것 같았다. 물론 그렇지 않을 가능성도 충분히 존재했지만 말이다.

오빠라는 단어 자체야 흔한 것이고, 여동생에게 있어 오빠라는 존재가 믿음직하게 받아들여지는 것이 이상한 일도 아닐 터.

적세연이 미국으로 건너왔을 가능성도 매우 낮았다. 도저히 당위성이 없었던 것이다. 세실리아가 말하는 큰할머니가 적세연일 확률은 한없이 0에 가까웠다.

'하지만……!'

만약 그 희박한 확률이 진실이라면?

적시운은 그 가능성을 차마 외면할 수 없었다. 외딴 세상에 홀로 남겨진 그로서는 지푸라기라도 잡아야 할 입장이었기에.

적시운이 고뇌하는 모습에 세실리아가 눈을 빛냈다.

"부탁이에요, 오빠. 네? 제발 나를 풀어주세요, 오빠!"

"……."

"오빠, 오빠, 오빠, 오빠!"

"젠장, 그 입 좀 다물어!"

"싫어요! 들어줄 때까지 멈추지 않을 거야!"

적시운의 고함에 고함으로 맞선 세실리아가 숨을 몰아쉬었다. 그러는 그녀의 얼굴은 어느새 창백해져 있었다. 안 그래도 부상이 심한데 너무 무리를 한 탓이었다.

이쯤 되니 도저히 외면할 수가 없었다. 세실리아의 모습에서 자꾸만 적세연의 얼굴이 보였기에.

"내가 미친놈이지."

나직이 중얼거린 적시운이 염동력을 가해 그녀의 결박을 풀었다.

"아……."

"두 번 말하지 않을 테니 잘 들어."

적시운의 말에 세실리아가 급히 고개를 끄덕였다.

"앞서 말했듯이 난 에메랄드 시타델로 가야 해. 그러기 위해선 이동 수단과 연료가 필요하고."

끄덕끄덕.

"네 말마따나 제이콥 토마호크는 날 배신했다. 그리고 내 원래 계획은 토마호크 클랜이 너희 무리를 습격하는 동안 놈들의 빈집을 터는 거였어."

"……."

"하지만 계획을 변경할 생각이다."

세실리아의 얼굴이 밝아졌다.

"그럼……!"

"착각하진 마. 너나 네 패거리와 한편 먹고 싶은 마음은 없으니까. 그냥 서로의 이해관계가 일치했기에 일시적으로 협력하려는 것뿐이다."

따로 확인해 봐야 할 일도 있고.

그 말이 목구멍까지 치솟았지만 적시운은 도로 삼켰다.

"으응, 알겠어요."

얌전히 대꾸하는 세실리아. 정말 그 무시무시한 폭염의 마녀와 동일인이 맞나 싶을 정도였다.

"일단 네가 이끄는 무리, 화염의 아이들에 대해서부터 알아야겠어."

"난 아무것도 이끌지 않아요. 우리 마을 사람들도 화염의 아이들 같은 게 아니고요."

"북미 제국은 너희를 그렇게 부르는 것 같던데."

"그들이 그렇게 부른다고 해서 우리가 따라야 할 이유는 없잖아요?"

날 선 어조로 대꾸한 세실리아가 한숨을 쉬었다.

"우린 그냥 평범한 마을 사람들일 뿐이에요. 서로에게 기대어 하루하루 살아가는 것만으로도 벅찬 민간인들. 단지 그뿐이라고요."

"그건 그렇다고 치지. 그리 중요한 것도 아니니."

"……."

"호흡용 마스크, 여분은 있어?"

"아, 네. 두어 개쯤은……."

"다행이군. 너희 본진으로 돌아가 챙기도록 해."

"당신은 함께 가지 않을 건가요?"

"해야 할 일이 있어. 너희 마을 위치도 대강은 알고 있고."

"네? 하지만 어떻게……?"

"조사해 두었으니까."

시큰둥한 대답에 세실리아가 멍하니 입을 벌렸다.

"대체 어느 틈에……?"

"네가 마을에 없을 때만 정찰을 나갔었으니까. 게다가 넌 랭크에 비해 이능력 제어력이 떨어지는 편 같고."

"이런 힘, 원해서 얻은 게 아니니까요."

세실리아가 우울한 얼굴로 중얼거렸다.

"한순간의 실수로 친구나 가족의 얼굴에 화상을 낼 수도 있다는 게 얼마나 견디기 힘든 일인지 아세요?"

"알아. 그리고 그 망할 힘 덕분에 가족과 친구를 지킬 수 있다는 것도 알고 있다."

"그야 그렇지만……."

"칭얼거리려거든 네 친구들에게나 가서 해. 난 그런 거 질색이니까."

"……알았어요, 알았다고요."

진저리를 친 세실리아가 몸을 돌렸다.

"잠깐."

"네?"

적시운은 그녀에게 마른 헝겊을 던졌다.

"그걸로 몸에 묻은 기름부터 닦아내."

"아."

잠시 머뭇거리던 세실리아가 몸을 닦았다.

"저기…… 고마워요."

"고마워할 필요 없어. 기름 아까워서 그런 거니까."

"……."

"할 일 없으면 가 봐. 기회가 되면 다시 연락할 테니."

"알았어요!"

신경질적으로 소리친 세실리아가 계단을 올라갔다. 그러나 얼마 지나지 않아 아래쪽으로 고개를 비죽 내밀었다.

"저…… 어떻게 나가야 하는 거죠? 길이 막혀 있는데요."

적시운은 위장용 차폐물을 염동력으로 치워주었다. 그것을 확인한 세실리아가 말했다.

"고마워요. 우리를 도와주기로 결정해 줘서. 그리고 치료해 준 것도요."

"……."

"믿고 기다릴게요. 당신이 오기를."

세실리아가 아지트를 떠났다. 적시운은 피로감을 느끼며 낡은 소파에 기댔다.

"믿는다고? 나를?"

3

믿음.

이런 시대, 이런 세계에 이만큼이나 어울리지 않는 말이 또 있을까.

그녀가 떠나가니 과열됐던 머리가 식는 느낌이었다. 냉정을 되찾고 나니 상황을 바라보는 시선도 객관적으로 변했다.

'저 여자가 말한 큰할머니가 세연이일 가능성은 한없이 낮다.'

분명 그럴 터였다.

'원래 계획대로 움직이는 편이 역시 안전해.'

추격자가 붙을 가능성이 있긴 하지만 큰 문제는 없었다. 세실리아가 살아 있는 지금이라면 더더욱.

'그녀를 상대해야 할 테니까.'

상처 입고 약해졌다지만, 그래도 A랭크 이능력자. 게다가 입장이 입장인 만큼 그녀는 젖 먹던 힘까지 짜내어 필사적으로 싸울 터였다.

양패구상까진 아니더라도 토마호크 클랜 또한 적지 않은 타격을 입을 게 분명했다. 적시운이 빈집을 털고 나서 떠난다 한들 당장 뒤쫓을 여력은 없는 셈.

게다가 손익 관계를 따지자면 적시운을 내버려 두는 편이 나았고 제이콥 토마호크도 그쯤은 알 것이었다.

"좋아."

적시운은 마음을 정했다.

"원래 계획대로 간다."

약간의 찝찝함이 남긴 했다. 그래도 위험을 감수하는 것보단 나았다. 지금 적시운의 지상 명제는 무엇보다도 살아남는 것이었기에.

"난 집으로 돌아가야만 해."

변명하듯 중얼거린 적시운이 바깥으로 걸음을 옮겼다.

토마호크 클랜은 오소독스 서부에 위치했다. 그들은 본디 대학교였던 건물을 요새화해 두었는데, 마수의 침범을 대비한 트랩과 장해물이 곳곳에 깔려 있었다.

'그래 봐야 대부분 가시 철선이나 수류탄 정도에 불과하지만.'

지난 한 달. 적시운은 세실리아를 몰아넣을 함정을 설계하는 동시에 틈틈이 이곳을 정찰해 두었다. 타이밍을 노려 빈집털이를 하려면 지형 숙지가 필수였던 것이다.

그런 만큼 각 건물의 쓰임새 및 수용 인원 정도는 파악하고 있었다.

본관 건물은 성채의 역할을 했다. 우두머리인 제이콥과 소수의 수뇌부, 그들의 시중을 드는 여성들이 그 자리를 차지하고 있었다.

도서관 건물은 병기 창고가 된 지 오래. 그곳을 둘러싼 건물들은 망루와 감시탑의 역할을 하고 있었다.

사로잡힌 노예들은 감옥으로 개조된 학생회관에 수용됐다. 이곳 역시 감시탑으로 개조된 건물들이 비호하고 있었다.

'그리고…….'

적시운이 노려야 할 곳은 중앙 도서관. 중화기뿐 아니라 차량 대다수가 그곳에 격납되어 있었다.

"한데……."

적시운은 수풀에 숨은 채 요새화된 캠퍼스를 응시했다.

평소와 달리 북적이는 듯한 느낌. 골칫거리가 사라졌으니 신명이 난 것이야 당연할 테지만, 뭔가 이상했다.

적시운은 감지망을 펼친 채 캠퍼스 외부를 한 바퀴 돌고 나서 결론을 내렸다.

'숫자가 너무 많다.'

본래 적시운이 파악했던 토마호크 클랜의 머릿수는 대략 300명 내외. 노예 및 잡역부를 포함해도 400명을 넘지 않았다.

'그런데 지금은…….'

당장 감지망에 걸리는 사람 숫자만도 400명이 가볍게 넘었다. 더군다나 그중 대부분은 학생회관 내에서 감지됐다. 그 사실이 의미하는 바는 하나뿐.

"그새 사로잡은 노예들이라는 건데."

단기간에 노예의 숫자가 저렇게나 늘어날 수 있을까?

도출되는 결론 역시 하나뿐이었다.

"놈이 선수를 쳤군."

적시운이 세실리아를 아지트로 옮기고 운기조식을 하던 시각. 그 하루 동안, 제이콥 토마호크는 이미 마을을 습격했던 것이다. 놈들이 승리에 취해 느슨해졌을 거라 생각했던 적시운으로선 한 번 더 허를 찔린 셈이었다.

"……."

계획 변경은 불가피했다. 적시운은 일단 아지트로 귀환하기로 했다.

'다시 놈과 협상을 해야 할지도.'

물론 제이콥은 적시운을 죽이려 했다. 그 빚을 갚아주고 싶은 마음은 굴뚝같았다. 하지만 힘의 차이는 확연하다. 중

무장한 병력만 수백 명인 토마호크 클랜에 적시운 홀로 대적하기란 결코 쉬운 일이 아니었다.

고민을 한가득 안고서 아지트로 돌아왔다. 그런 적시운을 기다리고 있던 것은 익숙한 얼굴이었다.

"세실리아."

"모두 사라졌어요."

망연자실한 그녀의 볼을 타고 눈물이 흘렀다.

"마을 사람이…… 모두……."

세실리아는 한참을 흐느끼다 혼절하듯 잠들었다. 적시운은 그녀를 낡은 매트리스에 눕히고서 소파에 앉았다.

한나절에서 하루 사이, 토마호크 클랜은 노도처럼 몰아쳐 화염의 아이들을 굴복시켰다. 적시운과 세실리아가 낙반에 파묻힌 다음 곧장 움직인 셈이었다.

"개자식."

개자식도 그냥 개자식이 아닌, 철두철미하고 결단력 있는 개자식이라 더 골치가 아팠다.

'설마 내가 살아 있다는 걸 알고서?'

하지만 그럴 가능성은 낮았다. 알았더라면 적시운을 제거하기 위해 움직였을 테니까. 지금처럼 축제 분위기일 수 없을 것이다.

'그냥 놈의 성격 자체가 철저한 거라고 봐야겠지.'

물 들어온 김에 노 저은 격.

화염의 아이들 측이 대비할 틈을 주지 않기 위해 단번에 밀어버린 것이라 생각하는 게 옳았다. 그 덕에 적시운의 빈집털이 계획은 완전히 폐기되게 생겼고 말이다.

"하지만 이젠 아니지."

더 이상 놈들에게 휘둘릴 생각 따윈 없었다.

적시운은 도시 곳곳에 마련해 둔 아지트를 한 바퀴 순례했다. 그간 모아둔 무기와 잡동사니 중 쓸 만한 것들을 긁어모아 한곳에 모았다.

그러고 나니 숫자가 상당했다. 우선은 쓸 만한 무기부터 추려내기로 했다.

토마호크 클랜원에게서 빼앗은 소총과 나이프. 주인 없는 폐가에서 찾아낸 권총, 폐차장에 딸린 창고에서 구한 탄환, 그 외에도 어떻게든 무기로 써먹을 수 있을 법한 물건들을 챙겼다.

그다음은 조합이었다. 용수철과 낚싯줄 등을 조합해 트랩 와이어를 만들었다. 구경이 맞지 않는 탄환들을 분해해 화약을 모았고, 여기에 깡통과 부러진 못, 날붙이를 조합해 간이식 클레이모어(Claymore)를 만들었다. 남아도는 기름과 깡통, 헝겊을 조합해 화염병을 만들었다.

그런 식으로 작업을 하고 나니 반나절이 훌쩍 지나가 있었다.

천장의 틈으로 아침 햇살이 흘러드는 시각. 잠들었던 세실리아가 얼마 지나지 않아 깨어났다.

"……."

세실리아는 멍한 얼굴로 주변을 둘러봤다. 잠시 후 적시운과 눈이 마주친 그녀는 입술을 깨물었다.

"꿈이 아니었네요."

"그래."

세실리아의 시선이 적시운의 발치로 향했다. 잡동사니처럼 쌓여 있는 무기들을 본 그녀가 놀란 눈을 했다. 그런 그녀에게 적시운이 물었다.

"호흡용 마스크는 챙겼어?"

"네?"

"싸우기 위해선 필수 아닌가? 그게 있어야 근접전을 펼칠 때 질식하지 않을 텐데."

세실리아는 금붕어처럼 입을 방긋거렸다.

"어, 저기, 그러니까……."

"뭐야?"

"토마호크 클랜과 싸울 생각인가요?"

"그래."

"하지만 우리 마을은 이미……."

"놈들에게 습격당했겠지. 놈들의 본거지를 둘러보니 거주민 대부분을 붙잡은 모양이던데."

"그런데도 싸워주실 건가요?"

적시운은 눈가를 찡그렸다.

"무슨 뜻이지?"

"저기, 그러니까 우리 단둘이서만 싸워야 하는 거잖아요? 마을 사람들의 힘을 빌리지 않고요."

"처음부터 그럴 생각이었는데."

"네?"

"아무리 네가 없었다지만 한나절도 안 되는 사이에 풍비박산이 난 걸 보면 너희 마을 사람들의 전력이 형편없다는 뜻이겠지."

"그, 그건……."

"차라리 잘됐어. 그런 협력은 없느니만 못하니까. 어차피 처음부터 기대도 하지 않았지만."

"……."

"몸은 어떻지?"

"아, 이젠 괜찮아요."

급히 상체를 일으킨 세실리아가 이내 허리를 부여잡았다.

"아야야……."

"괜찮을 리가 있나."

적시운은 나직이 혀를 찼다. 중상을 입고 고작 이틀도 채 지나지 않았다. 원래대로라면 한참 침상에 누워 있어야 할 그녀였다.

"여유가 얼마 없으니 간략하게 설명하겠다."

적시운의 말에 그녀가 고개를 끄덕였다.

"놈들은 노예가 된 마을 사람들을 최대한 빨리 팔아넘기려고 할 거야. 데리고 있어 봐야 식량만 축낼 테니까. 그러니 우리에겐 두 개의 선택지가 있다."

"두 개요?"

"하나는 놈들 중 일부가 노예들을 데리고 본거지를 비울 때를 노리는 거고……."

세실리아의 얼굴에 거부감이 피어났다. 적시운은 곧장 말을 이었다.

"다른 하나는 놈들이 방심하고 있는 지금 급습하는 거다."

"그걸로 할게요!"

급하게 소리친 세실리아가 비에 젖은 강아지 같은 표정을 지었다.

"부탁이에요. 네?"

"너라면 그렇게 대답할 줄 알았지."

적시운의 말에 그녀의 표정이 밝아졌다.

"그럼 두 번째 방법으로 가는 건가요?"

"나도 네 도움이 필요한 입장이니까. 적을 앞에 두고 내분을 일으켜서야 될 일도 안 될 테고."

"정말 고마워요, 오빠!"

세실리아의 말에 적시운은 움찔했다.

"뭐야?"

"예? 왜요?"

"왜 나를 그렇게 부르지?"

"오빠 말인가요?"

"그래, 난 네 오빠 같은 게 아냐."

"하지만……."

세실리아가 배시시 웃었다.

"고마운 건 고마운 거니까요. 당신은 제게 오빠 같은 분이에요."

"웃기지 마. 내가 널 죽이려 했었다는 걸 그새 잊었어?"

"하지만 결국 죽이지는 않았잖아요? 그리고 이제는……."

세실리아는 눈을 내리깔았다.

"오빠 말고는 믿을 사람이 없어요."

"……오빠라고 부르지 말라니까."

적시운은 한숨을 내쉬었다.

"어쨌든 두 번째 방법을 택하려면 최대한 빨리 급습을 펼쳐야 해. 아마도 오늘 밤이 마지막 기회가 되겠지."

"오늘 밤…… 이로군요."

"그래, 못해도 오늘까진 승리에 취해 퍼져 있을 테니까."

간단히 설명한 적시운이 말을 이었다.

"그러니까 남은 문제는 하나뿐이야. 네 몸 상태."

세실리아의 얼굴에 결의가 스쳤다.

"싸울 수 있어요."

"싸울 수는 있겠지. 하지만 원래의 능력을 온전히 발휘할 수 있을까?"

"할 수 있어요!"

"그 몸 상태로?"

"어, 어떻게든 정신력으로 버티면……!"

"사람의 정신이란 건 생각보다도 쉽게 무너지는 법이야. 육체가 건강하지 못한 상태라면 더더욱."

세실리아의 표정이 어두워졌다.

"그럼 어떻게 하란 거예요?"

"나한테 한 가지 방법이 있긴 하다."

"네? 그게 뭔데요?"

"그러니까……."

적시운은 이맛살을 찌푸렸다. 이걸 어떻게 설명해야 할지 난감했던 것이다.

"미친 소리처럼 들리겠지만 말이지."

"격체전공(隔體傳功)은 내공의 섬세한 조절을 요구하는 수법이지."

천마의 설명은 간략했다.

"주의해야 할 것은 두 가지일세. 자네의 내력이 상대의 기운과 충돌하지 않게 하는 것. 상대가 감당할 수 없을 만큼의 기운을 불어넣지 않도록 하는 것."

"그걸 어떻게 조절하는데?"

"감과 경험. 그렇게밖에는 대답하지 못하겠군."

"별로 도움이 되는 답변은 아닌데."

"그러나 정답인 것도 사실이지."

"뭐, 좋아. 효과는 분명한 거야?"

"일시적으로 활력이 샘솟게 할 수는 있을 걸세. 내공이 맴돌 때의 자네의 몸을 생각해 보게."

얼마 전 천마와 나누었던 대화. 적시운의 뇌리를 스치고 지나간 기억이었다.

'만약 내 내력을 세실리아에게 나눠 줄 수 있다면.'

일시적이나마 부상이 무색할 정도의 활력을 얻게 될 터. 완벽하진 않아도 평소에 가까운 힘을 낼 수 있을 것이었다.

일종의 도핑이라고 해야 할까? 근본적인 해결책은 아니었지만 지금으로선 이게 최선이었다.

'다만 문제는…….'

그것을 설명하기 난감하다는 것이었다. 무공은커녕 무술에 대해서도 아는 게 전무할 그녀가 적시운의 설명을 이해할 수 있을까?

그때 세실리아가 입을 열었다. 적시운의 두 눈을 똑바로 응시하며.

"그 방법을 따르면 마을 사람들을 구할 수 있을까요?"

적시운은 그녀의 눈을 바라봤다. 일절 사념(邪念)이 담기지 않은 순수한 눈빛. 적시운에 대한 신뢰가 담겨 있는 시선이었다.

"그래."

적시운이 대답했다. 그 말에 세실리아는 고개를 끄덕였다.

"그럼 그 방법을 따를게요."

"어째서지?"

"당신을 믿으니까요."

"이렇게나 간단히 말이야? 대체 왜?"

"왜냐하면……."

잠시 침묵하던 세실리아가 말했다.

"당신도 분명 누군가에게 있어 오빠일 테니까요."

"……."

"뭔지는 몰라도 할 거라면 바로 해주세요. 우리에겐 시간이 없잖아요?"

"알았다."

적시운은 세실리아를 앉히고는 그녀의 등에 손을 가져갔다.

'할 수 있을까?'

그런 생각이 뇌리를 스쳤으나 적시운은 이내 마음을 다잡았다.

'할 수밖에 없다.'

머릿속에 새겨진 천마신공의 구결을 따라 적시운은 기운을 제어하기 시작했다.

4

오소독스의 서부 구역, 토마호크 클랜의 본거지.

본래는 대학교의 본관으로 쓰였던 건물이었다. 그 2층 중앙에 제이콥 토마호크 전용의 방이 존재했다.

총장실이라 적혀 있던 문패는 떨어져 나간 지 오래. 널찍한 방 안은 제이콥의 취향에 맞추어 완전히 개조된 뒤였다.

수십 정의 총기와 수백 발의 탄약으로 치장된 방. 그 안에 울리는 것은 통신기에서 흘러나오는 노이즈였다.

치칙. 치지직.

오랜 기다림 끝에 노이즈가 사라지고 목소리가 들려왔다.

—누구냐.

"제이콥 토마호크."

—아, 오소독스의 토마호크인가. 오랜만이로군. 최근엔 노예 판매가 뜸하다 싶었는데.

"귀찮은 날파리가 꼬였었소. 하지만 이제는 완전히 해결했지."

—축하할 일이군. 물론 용건은 그것뿐만이 아니겠지?

"그렇소."

제이콥은 책상 위에 놓인 시가에 불을 붙였다. 요즘 같은 세상엔 구하기가 하늘의 별 따기인 기호품. 그러나 에메랄드 시타델에선 발에 채듯 널려 있는 물건이었다.

"날파리를 박멸한 덕택에 물건을 대량으로 챙길 수 있었소."

—수량은?

"상등품만 해도 최소한 오십 이상. 그보다 질이 떨어지긴 해도 쓸 만한 것들이 이백은 될 거요."

—백작님께서 기뻐하시겠군. 잠시만 기다리게.

뭔가를 뒤적이는 듯한 소리가 들려왔다.

—가격엔 문제가 없을 것 같군. 요즘 같은 때에 노예는 부르는 게 값이니까.

"원하는 건 돈이 아니오. 망할 담배나 술도 아니고."

—그렇다면?

제이콥은 시가를 깊이 빨아들였다.

"내가 원하는 건 하나뿐이오. 에메랄드 시타델의 1등 시민증."

—…….

"천금보다 귀한 것이라지만 백작에게 있어 하나 만드는 것쯤은 식은 죽 먹기일 테지."

—상당한 야심가였군, 토마호크.

"이 빌어먹을 황무지에서 한몫 잡으려면 그 정도 야망쯤은 있어야지 않겠소?"

짧은 침묵 뒤로 대답이 들려왔다.

—일단 백작님께 말씀은 드려보겠다. 그분이 너를 마음에 들어 하시기만을 기도하도록.

"연락을 기다리겠소."

통신이 끊어졌다. 제이콥은 고급 소파에 몸을 기대며 시가를 물었다.

파멸 이후의 세계. 초토화된 대지에서도 싹은 자라나고, 멸망한 미합중국의 대지 위에도 북미 제국이라는 신생 국가가 생겨났다.

'살아남기 위해 필요한 것은 하나로 결속된 강력한 힘!'

그리하여 탄생한 것은 강력한 결속력의 계급 사회. 선택받은 소수의 강자가 다수의 약자를 이끄는 사회 체계였다.

에메랄드 시타델은 그러한 체계의 축소판과 같았다. 보석광으로 반짝이는 화려한 문명 아래, 그 콩고물을 어떻게든 주워 먹고자 아등바등 살아가는 이들이 존재했다.

"하지만 그래서는 영원히 진흙탕 속에서 뒹굴 뿐이다."

제이콥 또한 다를 게 없었다. 수백의 똘마니를 이끈다고 해봤자 저들, 로열 블러드(Royal Blood)의 입장에선 조금 특출한 잡놈에 지나지 않았다.

그래서는 안 된다. 야망을 충족하기 위해선 보다 높은 곳으로 올라갈 필요가 있었다. 그러기 위해서라도 제국의 1등 시민이 되는 것은 필수였다. 물론 쉬운 일은 아닐 테지만…….

'에메랄드 시타델의 백작에게 있어선 식은 죽 먹기일 터!'

그러나 이 또한 백작이 마음 내켜 할 경우에만 가능한 일이었다. 그러기 위해서라도 노예들을 별 탈 없이 양도하는 게 우선이었다.

"다만 문제라면 약탈자 놈들과 샌드웜(Sandworm)인데……."

황무지는 곳곳에 죽음을 품고 있다. 비단 마수들뿐만이 아닌 인간들 역시 위험하긴 마찬가지.

실제로 습격당해 노예들을 빼앗긴 적도 수차례였다. 언제 어디서 위험이 튀어나올지 모르는 척박한 땅을, 어느 때보다 많은 노예를 데리고서 건너가야만 하는 것이다.

"그러기 위해서라도 놈을 포섭했어야 하는 건데."

제이콥은 내심 쓴맛을 느꼈다.

스캐빈저, 혹은 사냥꾼. 이름이야 뭐가 됐든 놈의 실력이 일류라는 것만은 분명했다.

다만 놈은 그만큼 위험하기도 했다. 단순히 군사적 지식만 갖춘 수준이라면 모를까, 이능력까지 보유했다는 것은 큰 문제였다.

"잘 선택한 거다. 놈이 살아 있었다면 큰 골칫거리가 됐을 거다."

나직이 중얼거린 제이콥이 시가를 집었을 때였다.

—대장!

무전기를 통해 들려오는 소리. 비명이나 다름없는 외침에 제이콥은 눈살을 찌푸렸다.

“중요한 얘기가 아니라면 네놈 대갈통에 구멍을 내버릴 테다.”

—예?

“닥치고 용건이나 말하라고!”

—아, 예! 그년입니다! 그년이 나타났습니다!

제이콥은 하마터면 놈의 이마에 구멍을 내러 달려 나갈 뻔했다. 달랑 그년이라고만 지껄이면 대체 어떤 년인지 어떻게 안단 말인가?

그러나 분노를 비집고서 불안감이 고개를 들이밀었다. 토마호크 클랜에게 있어 ‘그년’이라 할 만한 대상은 하나뿐이었으니까.

“하지만 어떻게?”

망연히 중얼거리는 제이콥. 무전기에서 강한 노이즈가 들려왔다.

—그, 그년이 정면으로 치고 들어옵…… 이런 썩을!

이어지는 총성. 무전기와 문밖에서 거의 동시에 들려왔다.

“빌어먹을!”

제이콥은 소총을 챙기고는 문을 박차고 나왔다. 급히 창가 쪽으로 달리는 와중, 정문 방향에서 빛이 번쩍였다.

콰르릉!

무시무시한 기세로 치솟는 불꽃.

제이콥의 얼굴이 하얗게 질렸다.

"그녀이 어떻게!"

드르르르륵!

빗발처럼 쏟아지는 탄환 속에서 세실리아는 웃었다. 얼굴의 대부분을 덮는 호흡기에 가려져 보이지 않을 미소였다.

그녀의 손끝에서 플라즈마가 뿜어져 나왔다. 부채꼴로 펼쳐진 백염(白炎) 속에서 탄환들이 녹아내렸다.

'힘이 넘쳐 나!'

온몸에 활력이 넘쳤다. 스스로 생각해도 놀랄 만큼. 상처 부위의 고통 또한 느껴지지 않았다. 컨디션이 가장 좋을 때마저 웃도는 수준. 아드레날린 주사를 직방으로 맞으면 이런 기분일까? 지금의 그녀는 그야말로 무적이었다.

'……라는 식으로 절대 생각하지 말라고 했었지?'

그 남자, 적시운이 몇 번이고 경고했던 것. 세실리아는 그 말을 잊지 않았다.

"기억해 둬. 효과는 일시적이고 네 상처가 치료된 것도 아냐. 이건 어디까지나 임시방편일 뿐 근본적인 해결책이 아니란 말이야."

적시운은 말했다.

"하지만 기운이 사라지지 않는 동안은 평소 이상으로 움직일 수 있을 거다. 그 시간을 최대한 활용해."

세실리아는 그러겠노라고 다짐했다. 그때도, 그리고 지금도.

화르륵!

그녀의 어깻죽지에서 화염이 치솟았다. 분사된 불꽃이 그녀를 전방으로 밀어냈다.

쇄도하는 한 줄기 불덩이.

목표점은 감시탑의 꼭대기였다.

"이런 썩을!"

"뛰어내려!"

콰광!

불덩이에 직격당한 감시탑이 송두리째 터져 나갔다. 떨어져 내리는 파편과 불똥에 클랜원들이 우왕좌왕했다. 제이콥 또한 멀찍이서 그 광경을 보았다.

"저 미친년이!"

폭염의 마녀는 단 한 번도 토마호크 클랜의 본거지를 친 적이 없었다. 이는 그녀의 성향이 수비적이기도 하거니와 제이콥 본인이 교묘하게 조율을 해왔던 덕이기도 했다.

항상 전력의 일부를 떼어 화염의 아이들 측 마을 근방을 배회하게 했던 것이다. 물론 마녀와 조우할 경우엔 무조건 도망치도록 명령해 뒀고 말이다.

그것만으로도 충분했다.

-네가 만약 우리 본진을 치려 한다면 네가 없는 마을을 초토화시켜 버릴 것이다.

그런 메시지나 다름없는 한 수였다.

수적 우세를 이용해 폭염의 마녀를 소극적으로 만들어버리는 전술. 이를 통해 지금까진 그녀의 움직임을 어느 정도 봉쇄해 왔다.

그러나 지금은 상황이 달랐다. 인질로 써먹을 마을 사람들을 죄다 잡아들였으니 말이다.

"하!"

제이콥은 신경질적으로 웃었다.

이건 오히려 잘된 일이 아닌가? 멀리 갈 것도 없이 가까이에 인질들이 있었다. 몇 놈 데려와서 대가리에 구멍을 내버리면 제깟 것이 어쩔 건가? 수백 명이 싹 죽는 꼴을 보고 싶은 게 아닌 바에야 마녀 홀로 할 수 있는 일은 없었다.

“당장 회관으로 가서 인질들을……!”

콰르르르!

고막을 찢을 듯한 붕괴음에 제이콥의 목소리가 묻혔다. 고개를 돌리니 본진 한편의 벽이 통째로 무너져 내리고 있었다. 그리고 피어나는 흙먼지 사이로 보이는 익숙한 모습들.

제이콥의 얼굴이 아까보다도 하얗게 질렸다.

“코볼트가 왜!”

적시운은 격체전공을 통해 세실리아에게 내공을 나눠 주었다. 다행히 천마신공의 기운은 그녀의 몸속에서 반발을 일으키지 않았다. 그러나 역시 그것만으로는 부족했다.

‘우리는 고작 단둘뿐이니.’

반면 상대는 중화기로 무장한 수백 명. 더군다나 마음만 먹으면 마을 주민들을 얼마든지 인질로 삼을 수 있었다.

전력의 격차를 메우는 동시에 놈들의 행동 또한 봉쇄할 수 있는 방법이 필요했다. 그래서 적시운은 제3세력을 끼워 넣기로 결심했다. 코볼트 부락을 습격함으로써.

"키야아악!"

"캬악!"

아닌 밤중에 날벼락을 맞은 블랙 코볼트들이 침을 튀겨가며 적시운을 쫓았다. 돌도끼나 죽창 등의 원시 병기로 무장한 미개한 놈들이었으나, 그 숫자가 족히 수백에 이르면 결코 무시할 수 없었다.

작은 체구에도 불구하고 코볼트의 육체 능력은 인간을 능가했다. 지능지수가 상당히 낮긴 했으나 그런 만큼 유대감 또한 강했다.

'그러니까 이용해 먹을 수 있는 거지만!'

콰르르르!

코볼트 무리가 철책선을 무너뜨리고 쇄도했다. 곳곳에서 부비트랩이 폭발하며 코볼트들을 다진 육편으로 만들었다. 그러나 돌진하는 기세는 조금도 줄어들지 않는다. 그들을 유인 중인 적시운의 예상대로.

코볼트들을 끌어내는 것 자체는 어려울 게 없었다. 부락을 습격하고 새끼들을 빼돌리니 부족민 전체가 우르르 몰려나왔던 것이다.

하급 마수들치고는 참으로 끈끈한 유대감을 가지고 있다고나 할까?

'어떤 면에선 인간보다도 나을지도.'

물론 적시운에게 있어선 그런 유대감조차도 '이용해 먹기 용이한 요소'에 불과했지만.

콰광!

대각선으로 내리꽂히는 소형 로켓.

다수의 코볼트가 산산이 터져 나갔다.

"캬아악!"

"크르르르!"

토마호크 클랜의 본거지에 들어선 이후부터는 놈들을 자극하려 애쓸 필요조차 없었다. 클랜원들의 반격으로 인해 코볼트들의 분노가 가중됐던 것이다.

적시운은 수백 마리의 코볼트를 중앙으로 이끌었다. 마을 사람들이 갇혀 있을 학생회관과는 최대한 멀리 떨어지게끔 안배한 채로.

그다음은 일사천리였다. 클랜원들과 코볼트들이 한데 뒤엉켜 난전이 펼쳐졌다.

'좋아.'

적시운은 적당히 기회를 보아 난전 속에서 빠져나왔다. 이미 코볼트들은 본래의 목적조차 잊은 채 날뛰는 중. 적시운을 끈덕지게 쫓아오는 개체는 없었다.

'다음 목표는?'

마을 사람들이 갇혀 있을 학생회관. 적시운은 가지고 온 화염병을 곳곳으로 던지며 나아갔다.

화르르륵!

별이 촘촘한 하늘 위로 매연과 불꽃이 치솟았다.

학생회관엔 금세 도착할 수 있었다. 인질의 규모가 규모다 보니 수비 병력 또한 상당했다. 코볼트들이 비껴간 까닭인지 캠퍼스 곳곳이 불타는 마당에도 학생회관은 멀쩡했다.

'그리고…….'

수비 중인 클랜원들의 얼굴엔 혼란스러운 기색이 가득했다. 보아하니 제이콥의 명령을 따로 받지는 못한 모양. 생각 없이 입구 쪽에 우르르 몰려나와 있는 모습이 한심하기 짝이 없었다.

'그래 주면 나야 고맙지.'

적시운은 비틀거리는 척하며 그들에게로 다가갔다.

"적습입니다! 본관이 공격받고 있습니다. 제이콥 님이 전원 지체 없이 지원하러 오라고 하셨습니다!"

"뭐라고? 자세히 말해봐라!"

우두머리로 보이는 거한이 앞으로 나섰다.

"코볼트입니다. 블랙 코볼트 떼거지가 공격해 왔습니다."

"블랙 코볼트라고? 그 미개한 잡것들이?"

혼란스러워하던 거한의 눈빛이 미묘해졌다.

"한데 네놈은 처음 보는데?"

"클랜에 가입한 지 얼마 안 됐습니다. 이런 일이 일어날 줄 알았다면 가입하지 않았을 거고요."

거한의 눈매가 가늘어졌다.

"그 목소리, 어디서 들어본 것 같……."

콰직!

적시운은 염동력을 압축시켜 무형의 망치를 만들어선 거한의 관자놀이를 후려갈겼다.

"역시 남 속이는 건 잘 못하겠어."

"커……!"

분수처럼 피를 뿌리며 고꾸라지는 거한.

"뭐, 뭐야!"

"이런 미친!"

기겁을 한 클랜원들이 너 나 할 것 없이 총을 들어 올렸다. 적시운은 거한의 몸을 염동력으로 들어 올렸다. 그와 거의 동시에 일제 사격이 쏟아졌다.

두두두두!

근육질 거한의 몸뚱이는 방패로 쓰기에 제격이었다. 방탄조끼까지 입고 있었던 덕에 거한의 몸을 뚫는 탄환은 거의 없었다.

적시운 또한 소총을 들어서 마구 갈겼다. 물론 거한의 몸이 적을 가린다는 점은 똑같았으나…….

"방향이야 바꾸면 그만이지."

염동력에 의해 탄환의 궤도가 휘어졌다. 각각의 탄환들은 거한을 빙 돌아서는 클랜원들에게로 날아들었다.

"크아악!"

"커헉!"

5

"큭!"

"꺼헉!"

휘어진 탄환에 맞은 토마호크 클랜원들이 하나둘 고꾸라졌다.

"뒈져!"

클랜원 하나가 수류탄을 던졌다.

"뭐 이런 걸 다?"

적시운은 염동력으로 수류탄을 낚아서는 다른 방향의 클랜원들에게 날렸다. 졸지에 날벼락을 맞게 된 클랜원들의 눈이 경악으로 물들었다.

"이런 개새……!"

콰과광!

폭발에 휘말려 갈가리 찢겨 나가는 클랜원들.

적시운은 기겁해 있는 나머지 클랜원들에게 침착하게 사격을 가했다.

두 발에 하나씩. 첫 탄환으로 몸통을 갈겨 움직임을 저지시키고 두 번째 탄환으로 머리를 뚫어 확실하게 끝장냈다.

탄을 아끼면서 확실히 숨통을 끊기 위한 최적의 사격술이었고 간혹 빗나간 경우엔 염동력을 살짝 가해 궤도를 수정했다.

"크윽!"

"으아악!"

스무 명가량을 처리하는 데 걸린 시간은 5분 남짓. 마지막으로 살아남은 클랜원 한 명은 피 웅덩이에서 허우적대고 있었다.

"히익! 으, 으아아!"

적시운이 접근하자 클랜원은 헐레벌떡 일어나 학생회관 안쪽으로 달려갔다. 곧장 뒤따라 가 보니 그사이에 소년 하나를 옆구리에 낀 채 총으로 겨누고 있었다.

"다, 당장 무기 버려! 이 애새끼 뒈지는 꼴 보고 싶지 않걸랑……!"

타앙!

총성이 울렸다.

클랜원은 실수로 발포했나 싶어 시선을 내렸으나 그의 손가락은 방아쇠 고리에 들어가지도 않은 채였다.

"네가 아니라 나야."

나직이 대꾸한 적시운이 소총을 내려놓았다.

"악마……."

이마가 뚫린 클랜원이 실 풀린 인형처럼 널브러졌다.

"……."

어린 소년은 얼어붙은 채 멍하니 서 있을 따름.

클랜원에게서 뿜어져 나온 따끈한 피가 소년을 흠뻑 적신 상태였다.

'달래주기라도 해야 하나.'

적시운이 고민하고 있을 때 익숙한 기운이 감지됐다. 이윽고 세실리아가 회관 안으로 들어섰다.

"무사하셨군요!"

"어."

"다치신 데는 없고요?"

"애석하게도."

비아냥대는 적시운의 대답에 세실리아는 고개를 갸웃거렸다.

"그게 왜 애석하죠? ……아!"

소년을 발견한 그녀가 급히 다가와서는 피를 닦아냈다.

"괜찮니?"

고개를 대강 주억거리는 소년.

세실리아는 적시운을 돌아봤다.

"어떻게 된 거예요?"

"그런 일이 있었어. 그보다, 놈들의 상황은 좀 어때?"

"난리도 아니에요. 탄약고가 터져 나가서 혼비백산하고 있어요."

"네가 한 거야?"

"아뇨, 어떤 코볼트 하나가 횃불을 들고는 안으로 뛰어들었어요."

적시운은 미간을 찡그렸다. 토마호크 클랜을 쓸어버리는 건 좋지만 이곳을 죄다 날려 버리는 일은 좀 곤란했기 때문이다.

"죽는 것보단 낫겠지만."

"네?"

"혼잣말이야. 어쨌든 너는 계획대로 사람들을 대피시켜. 싸울 수 있는 인원은 최대한 무장시키고."

"오빠는요?"

무심코 대꾸하려던 적시운이 멈칫했다.

"난 네 오빠가 아니라니까."

"잭 시온이란 본명이 역시 좋은가요?"

"그것도 아니라니까."

적시운은 한숨을 내쉬었다.

"그 얘기는 나중에 하지. 나는 뒷정리를 맡겠다."

"뒷정리?"

"가장 좋은 경우는 토마호크 놈들과 코볼트들이 공멸하는 거지만, 그럴 가능성은 높지 않으니까."

"어느 쪽이 이길 거라 생각하세요?"

"당연히 인간들이지."

코볼트의 숫자가 많다고는 하나 토마호크 측과 큰 차이가 날 정도는 아니었다. 반면 무기의 질적 격차는 압도적. 클랜원들이 제대로 준비만 했어도 코볼트들은 캠퍼스 안에 발도 들이지 못했을 것이다.

적시운은 클랜원들의 시체에서 무기를 수거해 세실리아에게 건넸다.

"싸울 수 있는 사람은 전부 무장시켜. 내력이 바닥날 때가 됐으니 절대 무리하지 말고."

"내력?"

"네게 불어넣은 힘."

"아, 네. 알겠어요."

무기들을 받아 든 세실리아가 조금 머뭇거리다가 말했다.

"저기, 정말로 고마워요."

"그런 인사는 다 끝난 다음에나 해. 아직 일이 어떻게 될지도 모르니까."

"으응, 알겠어요."

적시운은 곧장 회관 밖으로 향하려 했다.

그러나 한순간 뇌리를 스친 상념이 그의 발목을 붙잡았다.

"저기."

"네?"

의아한 얼굴로 고개를 돌리는 세실리아.

잠시 머뭇거리던 적시운이 말했다.

"그 여자가 살아 있는지 지금 확인해 줄 수 있겠어?"

"그 여자라면, 큰할머니 말인가요?"

"그래."

"여기서 잠시만 기다리세요."

내부를 대강 살핀 세실리아가 밝은 얼굴로 돌아왔다.

"다행히 살아 계세요. 건강에도 큰 문제는 없어 보이고요."

"그래……."

"큰할머니한테 안내해 드릴까요?"

"……아니, 됐다."

잠시 고민하던 적시운이었으나 이내 고개를 저었다. 지금은 무사하다는 것을 확인한 것만으로도 족했다. 여기서 더 시간을 낭비했다간 계획 전반에 차질이 생길 터였다.

'게다가…….'

마음 한구석으로는 조금 두렵기도 했다.

'만약 그 노인이 정말로 세연이라면……?'

자신보다 늙어버린 여동생을 앞에 두고 뭐라고 해야 할까. 지켜주겠다는 약속도 지키지 못한 채 수십 년이 지나서야 돌아온 오라비를 여동생은 어떻게 생각할까.

구울들이 남부 방어선을 뚫고 들어왔던 그날, 적시운은 부산 지하 도시에 출장을 나가 있었다.

입학 선물로 사주었던 통신기는 무용지물이 되었다. 적시운이 복귀했을 때 적세연은 이미 구울 바이러스에 감염된 뒤였다. 그 이후로 여동생의 목소리를 듣지 못했다.

'마지막으로 얘기를 나누었던 게…….'

아마도 출장 나가던 날의 시답잖은 말다툼이었을 것이다.

"아, 왜 남의 아이스크림을 자꾸 퍼먹는데!"

"우리가 남이냐?"

"어쨌든 내 거잖아, 오빠!"

"그것도 결국 내 돈으로 산 거잖아."

"내 용돈으로 산 거거든?"

"내가 준 용돈이거든?"

"일단 줬으면 내 돈이지 그게 왜 오빠 거야? 치사하게!"

"너야말로 치사하게 한두 번 퍼먹은 것 가지고 이럴래?"

유치하기 짝이 없는 입씨름.

결국 적시운도 적세연도 똑같이 어머니로부터 한 소리를 들었었다. 적세연은 입술이 비죽 튀어나온 채로 등교했고, 적시운 역시 찝찝함을 지우지 못한 채 출장을 나가야 했다.

그것이 끝.

그렇기에 미안함이 더했고 마음속이 더욱 무거웠다.

"저, 괜찮으세요?"

"뭐?"

적시운은 자기도 모르게 반문했다. 세실리아가 그를 걱정스러운 눈으로 바라보고 있었다.

"멍한 눈으로 신음을 흘리고 계셨어요."

"……."

적시운은 고개를 휘휘 저어 상념을 털어냈다.

"시간이 촉박하니 서둘러 움직여. 지체하면 이곳까지 놈들이 들이닥친다."

그게 코볼트가 됐든 토마호크의 잔당이 됐든.

세실리아가 뭔가 말하려 했지만 적시운은 손을 저었다. 아무 말도 하지 말라는 제스처.

세실리아는 고개를 끄덕이고는 몸을 돌렸다.

"몸조심하세요."

"……."

그녀가 사람들을 풀어주러 달려갔다. 적시운은 심호흡을 크게 하고는 회관 바깥으로 걸음을 옮겼다.

"버러지 같은 놈들!"

제이콥은 헐레벌떡 병기창으로 들어섰다. 어떤 미친 코볼트 한 마리 때문에 화약고가 터져 나갔다. 덕분에 생각보다 많은 피해가 났다. 그나마 이곳 병기창이 아직까지 무사하다는 게 불행 중 다행이었다. 물론 전황은 여전히 개 같았지만 말이다.

클랜원들이 분전하고 있었으나 아주 유리하다고는 말하기 어려웠다. 무엇보다도 폭염의 마녀가 아직 저 어딘가에 살아 있다는 게 큰 문제였다.

"빌어먹을!"

욕설을 뇌까리는 그의 앞으로는 큼직한 금속 병기가 존재했다. 이것이야말로 제이콥이 마지막까지 아껴둔 최후의 수단이었다.

높이는 대략 5미터. 강화 합금으로 이루어진 흉갑과 팔다리는 중세 시대 기사들이 입었을 법한 플레이트 메일을 연상케 했다. 물론 그 성능은 비교할 수조차 없는 수준이었지만.

주력 병기는 최신식 중화기. 내장된 이온 엔진(Ion Engine)의 힘을 빌려 중장갑 전차와 맞먹는 힘을 발휘하는 게 가능했다.

이것이야말로 22세기 초반, 미 국방성의 주도로 개발된 강습용 특수 강화 보행 병기, 기간틱 아머(Gigantic Armor)였다.

그 전투력은 어지간한 이능력자를 상회했다. 정작 그 덕을 본 것은 미국을 제외한 국가들이었지만.

게다가 자체적으로 이능력을 일부분 중화시키는 장치까지 갖춰져 있어 이능력자 대적용 병기로도 최적이었다.

그럼에도 제이콥이 지금껏 사용하지 않은 이유는 돈 잡아먹는 기계이기 때문.

동력원인 이온 전지의 가격은 문자 그대로 금값이었다. 이걸 쓰느니 부하 수십 명을 희생시키는 게 차라리 합리적일 정도. 그래서 최후의 최후까지 아껴두었던 것이다.

그러나 지금은 그야말로 비상사태. 자칫하면 목숨이 위험할 수도 있었다. 그 어떤 재화와 보물도 목숨값에 비하지는 못하는바, 제이콥의 선택지 또한 하나뿐이었다.

"다 쳐 죽여주마!"

회관에서 나온 적시운은 지휘소라 할 수 있는 본관까지의 거리와 주변의 지형을 파악했다.

'이동 루트는 크게 셋.'

우선은 그중 가장 폭이 넓은 통로로 향한 다음 가지고 온 트랩들을 장치했다. 트랩 와이어를 기본으로 하여 클레이모어와 수류탄, 화염병 등등, 각각의 함정이 적당한 거리를 두고서 설치됐다.

그다음은 가장 폭이 좁은 곳. 적시운은 붕괴된 건물의 잔해와 잡동사니를 염동력으로 끌어모아 통로를 틀어막았다.

마지막으로는 중간 지점. 적시운은 그곳에 직접 매복하기로 했다. 그 와중에도 염동력 감지망을 펼쳐 다가오는 적이 없는지를 끊임없이 확인했다.

'한데…….'

의외로 회관 쪽에 접근하는 적은 거의 없었다. 대열에서 이탈한 클랜원 두어 명과 달아나던 코볼트 몇 마리가 전부였다.

'생각한 것 이상으로 접전이 벌어지고 있는 건가? 그게 아니면…….'

콰과광!

본관 쪽에서 거대한 폭염이 터져 나왔다. 위력 자체만 보자면 세실리아의 이능력과도 맞먹는 수준. 수류탄 서너 개를 터뜨린다고 나올 법한 폭발이 결코 아니었다.

"또 다른 화약고가 터진 건가?"

하지만 그럴 가능성은 높지 않았다. 토마호크 클랜에 머저리들만 모인 게 아닌 바에야 두 번이나 화약고를 내줬을 리는 없는 것이다. 더군다나 화약고가 터졌다면 폭발이 고작 한 번으로 끝이 났을 리 없었다.

"……."

고민하던 적시운은 매복을 풀고는 본관 쪽으로 향했다. 어떤 변수가 등장한 것인지 눈으로 확인할 필요가 있었다. 그리고 만약 그 변수를 감당하기 어렵다고 판단될 경우엔…….

'어떻게든 달아나는 수밖에.'

콰광!

본관 근처에 다다르자 다시 한번 폭발이 터져 나왔다. 이번엔 얼마 떨어지지 않은 위치.

근처의 건물 위로 오르니 보다 정확히 상황이 파악됐다. 수십의 코볼트가 육편이 되어 흩날리고 있었다. 사체의 폭풍 사이로 청백색의 광선이 번개처럼 터져 나왔다.

'이온 블라스터(Ion Blaster)!'

쉽게 말해 첨단 과학의 산물. 미 항공 우주국 주도하에 개발된 입자 병기였다.

발사 시에 발생하는 고열 및 전압으로 인해 인간이 직접 쥐고 쏘는 것은 거의 불가능하다. 그렇기에 보호구가 필수였고, 대체로 가장 많이 쓰이는 것은…….

"기간틱 아머!"

쿠구구궁!

빗자루로 쓸어버리듯 코볼트 무리를 날려 버리는 것은 피칠갑을 한 강철의 거신이었다.

진득거리는 핏물 사이로 붉은빛의 광점 두 개가 번뜩였다.

"케에엑!"

"그와아악!"

파죽지세로 밀어붙이던 코볼트들이 주춤주춤 물러나기 시작했다. 미개한 하급 마수일지언정 압도적인 힘에 대한 공포심만큼은 분명했던 것이다.

코볼트들이 멈칫하자 살아남은 클랜원들이 소탕에 나섰다. 미니건을 필두로 한 자동화기들이 불을 뿜자 코볼트들이 피를 흘리며 바닥에 널브러졌다.

그 와중, 주변을 두리번거리던 기간틱 아머의 고개가 위로 젖혀졌다.

'발각당했다!'

적시운이 흠칫한 순간, 기간틱 아머가 오른팔을 들어 올렸다.

터엉!

막힌 변기를 뚫는 듯한 상쾌한 소리. 그러나 그 정체를 아는 이에겐 지옥의 종소리나 다름없었다.

'대인 유탄!'

수류탄처럼 염동력으로 잡아 되던지는 것은 불가능했다. 기간틱 아머에 탑재된 병기들은 대체로 이능력 대적용 개조가 가해져 있었기 때문이다.

적시운은 급히 반대편으로 몸을 날렸다. 간발의 차이로 유탄이 옥상을 때렸다.

콰앙!

폭발이 신호가 된 듯 수백 발의 탄환이 옥상 근처를 후려갈겼다.

-반편이 놈들! 사격 중지해!

제이콥의 날카로운 음성에 사격이 멈췄다. 기간틱 아머의 붉은 눈동자가 한층 광기를 토했다.

-놈은 감옥 쪽으로 향했을 거다. 어서 빨리 쫓아가라!

제4장
천랑섬권

1

"제기랄!"

지붕 위를 질주하던 적시운이 욕설을 토했다. 옷자락 끝에는 아직도 자그만 불씨가 달라붙어 있었다. 적시운은 거칠게 손을 털어 불을 꺼뜨렸다. 등허리에선 연신 칼에 베인 듯한 격통이 느껴졌다. 하필이면 지난번과 비슷한 위치에 또다시 화상을 입은 것이다.

그나마도 염동력으로 배리어를 쳤기에 망정이지, 자칫하면 폭발에 휘말려 찢겨 나갈 뻔했다.

'역시 믿는 구석이 있었나.'

기간틱 아머. 외관으로 봐선 M−29 모델, 속칭 마스토돈(Mastodon).

실제로도 몇 차례 보았던 물건이다. 검은 안식일이 일어나기 훨씬 전부터 세계적으로 확산되어 있었던 강습형 보행 병기. 미합중국이 멸망한 이후에도 지속적인 생산 및 개량이 이루어졌던 물건이다.

물론 그 특성상 대량으로 생산되진 못했다. 미국의 기술력을 흉내나마 냈던 것도 독일과 일본 같은 극소수 선진국들에 불과했다.

한국 또한 그 극소수 중 하나. 군사정부의 주도하에 수많은 과학자를 재물 삼아 한국식 기간틱 아머를 개발할 수 있었다.

M−29, 마스토돈은 그중에서도 가장 대중화된 모델 중 하나였다. 비교적 값이 싸고 범용성이 뛰어났으며 무엇보다 이능력자를 상대할 때의 전투력이 탁월했다.

'상대하려면 대전차 화기가 필요한데.'

기간틱 아머는 그야말로 걸어 다니는 중장갑 전차. 더불어 이능력 방어 체계까지 나름대로 갖추고 있었다. 소총 몇 정과 수류탄 몇 발만으로 맞선다는 건 거의 불가능했다.

'그나마 승산이 있는 방법이라면 역시…….'

연료가 바닥날 때까지 도망 다니는 것. 지금으로서는 그게 최선이었다. 물론 제이콥 또한 그 사실을 알고 있을 테고.

"그래서 미친 듯이 추격해 오는 거겠지."

부우우웅!

등 뒤로부터 들려오는 기동음. 적시운은 고개를 돌리지 않고도 위치와 속도를 가늠할 수 있었다.

'거리는 대략 90미터.'

그 앞에선 총화기를 든 클랜원들이 뛰어오고 있었다. 마스토돈에 탑승 중인 제이콥은 그들보다 뒤편에 있었는데, 인간보다 속도가 빠름에도 후방을 지키고 있다는 건 뻔한 수작이었다.

"부하들을 방패막이로 써먹겠다는 거지."

토마호크 클랜원들이 널찍한 통로로 들어섰다. 앞서 적시운이 각종 트랩을 설치해 둔 곳이었다.

콰과과광!

격발된 클레이모어가 온갖 쇠붙이를 쏟아냈다. 제대로 된 클레이모어였다면 반경 50m 이내가 초토화됐을 터. 그러나 얼기설기 만든 간이식으로는 5m가량이 최선이었다. 물론 그것만으로도 상당한 타격을 주기에는 충분했지만.

후드드득!

직격당한 클랜원들이 걸레 꼴이 되어 널브러졌다. 비교적 뒤쪽에 있어 무사했던 클랜원들의 얼굴이 하얗게 질렸다.

"히익!"

"큭!"

슬금슬금 물러나려던 그들의 등에 차가운 감촉이 느껴졌다. 뒤돌아보니 5미터 높이에서 붉은 눈동자가 자신들을 노려보고 있었다.

–가라.

"하, 하지만 대장……!"

"저곳은 함정투성이란 말입니다!"

–알고 있다. 그러니 너희가 함정을 제거하라는 거다.

"뭐, 뭐라고요?"

이온 블라스터의 총구가 그들의 머리를 겨누었다.

–가라. 세 번 말하진 않겠다.

"크윽!"

"이, 이런 미친 새끼!"

클랜원 하나가 제이콥의 머리를 겨냥해 소총을 갈겼다. 그러나 7.62㎜ 탄환은 기간틱 아머의 장갑에 흠집 하나 내지 못했다.

제이콥은 성큼 팔을 뻗어 총을 갈겼던 클랜원의 몸통을 붙들었다.

우두둑!

"크아악!"

가볍게 쥐는 것만으로 갈빗대가 박살 났다. 제이콥은 반병신이 된 클랜원을 통로 쪽으로 홱 던졌다.

"어어? 어어어!"

십여 미터를 날아가 땅을 뒹구는 클랜원. 그의 몸이 트랩 와이어를 건드렸다.

콰과과광!

여지없이 터져 나오는 폭발음. 와이어와 연결된 수류탄이 터지며 피 섞인 파편을 사방으로 쏟아냈다.

"……."

"히이익!"

파랗게 질린 클랜원들을 향해 제이콥은 다시 말했다.

–세 번 말하지는 않겠다고 했다.

"으으, 으아아!"

반대편으로 달아나려던 클랜원의 머리를 마스토돈의 주먹이 꿰뚫었다. 그것을 본 나머지 클랜원들이 주춤주춤 통로 쪽으로 걸음을 옮겼다. 그들 중에서도 특히나 힘없는 이들이 선두가 되어선 밀리다시피 통로 안쪽으로 들어갔다.

쿠과과광!

"으아아악!"

여지없이 터져 나오는 폭발과 비명. 매복해 있는 적시운의 귓가에도 생생하게 들릴 정도였다.

'잔혹한 놈.'

마스토돈의 방어력이라면 이 정도 트랩에 큰 타격을 받지는 않을 터. 그럼에도 제이콥은 수하들을 함정 제거용으로 던지는 쪽을 택했다.

'수하가 많이 살아남는 편이 클랜 재건에도 좋을 텐데 어째서?'

이유라면 뻔했다.

'더 이상 여기에 볼일은 없다는 건가.'

심대한 타격을 입었기 때문인지, 다른 이유가 있는 것인지는 모른다. 그러나 제이콥에게 토마호크 클랜을 유지할 마음이 없다는 것만은 분명해 보였다. 그렇기에 수하들의 목숨을 헌신짝처럼 내버리는 것일 테고.

쿠구구구…….

폭발이 멎었다. 흙먼지 가득한 통로 너머로 강철의 기동음이 들려왔다.

"젠장."

적시운은 몸을 날려 회관 쪽으로 내달렸다.

회관 밖으로는 마을 사람들이 줄지어 이동 중이었다. 총화기를 든 장정 몇 명이 주변을 경계하고 있었다.

"……!"

적시운을 본 장정들이 총을 겨누었다. 그런 그들의 앞으로 세실리아가 황급히 나섰다.

“이분은 우리 편이에요!”

그녀의 말을 들은 장정들이 총을 치웠다. 눈빛에선 여전히 불신의 기색을 지우지 못했지만.

적시운은 그들을 무시하고서 세실리아에게 물었다.

“사람들은 얼마나 남아 있지?”

“거의 다 탈출했어요. 이제 조금만 더 대피시키면 돼요.”

“서둘러. 여유가 거의 없으니까.”

세실리아의 얼굴이 심각해졌다.

“저쪽에서 계속 폭발 소리가 들리던데요. 토마호크 사람들이 몰려오고 있는 건가요?”

“더 나쁜 상황이야.”

말이 끝나기 무섭게 폭발음이 들려왔다. 미처 다 제거하지 못한 트랩이 작동한 모양이었다. 물론 그 정도로는 경미한 타격조차 줄 수 없었으리라.

과연, 얼마 지나지 않아 연기를 뚫고서 마스토돈의 거체가 드러났다.

“저게 대체……?”

의문이 묻어나는 세실리아 목소리. 기간틱 아머 자체를 처음 보는 모양이었다.

적시운은 이를 악물었다.

"남은 사람들은 버리고 튀어!"

"자, 잠깐만요! 그럴 수는 없어요. 아직 큰할머니도 저 안에……."

적시운의 뱃속에서 뜨거운 무언가가 울컥 솟구쳤다.

"먼저 탈출시키지 않고 대체 뭘 한 거야!"

"하, 하지만…… 할머니께서 마지막까지 남아 계시겠다고……."

"빌어먹을!"

적시운은 몸을 돌렸다. 마스토돈은 시속 30㎞가량의 속도로 돌진해 오고 있었다. 인간보다는 빠른, 그러나 결코 서두르지 않는 스피드였다.

"제가 막겠어요!"

세실리아가 소리치며 전방으로 손을 뻗었다. 이윽고 마스토돈의 장갑 위로 검붉은 화염이 폭발했다. 그러나 상체만 살짝 흔들거릴 뿐, 그 이상의 타격을 주진 못했다.

"아?"

흠칫 놀란 세실리아가 재차 정신을 집중했다. 이번엔 장갑 외부가 아닌 내부에 타격을 주려는 것이었으나 이내 흠칫 놀랄 수밖에 없었다.

"이능력이 먹히질 않아?"

"놈에겐 통하지 않아!"

거칠게 소리친 적시운이 세실리아를 뒤로 홱 잡아당겼다.

"쏴!"

날 선 외침에 장정들이 사격을 시작했다. 명령이라서 들었다기보다는 기세에 휩쓸려 반사적으로 방아쇠를 당긴 것에 가까웠다.

적시운은 발사된 탄환들에 최대한 염동력을 가했다. 기간틱 아머의 관절 부위에 존재할 수밖에 없는 미세한 틈, 그 안으로 탄환을 꽂아 넣기 위해.

타타타탕!

대다수는 빗나가거나 스쳐 지나갔다. 그래도 두어 발 정도는 관절 부위를 적중시킬 수 있었다. 기대한 만큼의 큰 타격은 없었지만.

끼이이익!

틈새에 끼기는 했으나 그게 전부. 탄환들은 이내 찌그러져서 바깥으로 떨어져 나갔다. 마스토돈의 속도는 조금도 줄지 않은 채였다.

"튀어!"

그렇게 소리친 적시운이 세실리아를 붙들고서 내달렸다. 마을 장정들 또한 총을 움켜쥐고서 사방으로 흩어졌다.

'어떻게든 유인해야 한다!'

제이콥이 회관 쪽으로 다가가지 못하게 만들어야 했다. 다행히도 그는 적시운과 세실리아를 곧장 추격해 왔다.

"쳇!"

적시운은 혹여나 싶어 탄환이 박혔던 관절 부위에 염동력을 가했다. 그러나 염동력은 마스토돈의 장갑에 닿자마자 한 줄기 연기처럼 힘없이 흩어졌다.

'APS가 작동 중이다!'

대부분의 기간틱 아머엔 이능력 방어용 시스템이 설계되어 있었다. 이른바 '안티 사이킥 시스템(Anti Psychic System)', APS였다.

이온 엔진에서 흘러나오는 특수 파장을 통해 이능력을 방어하거나 억제하는 것이 그 요체. APS의 등장으로 비(非)이능력자와 이능력자 간의 합동 작전이 가능해졌으며 이능력자들에 대한 견제 체계 또한 갖춰졌다.

이는 이능력자의 입장에서도 나쁠 것이 없었다. 비이능력자들에게 있어 공포의 대상이 아닌, 협동의 대상이 될 수 있었기 때문이다.

이능력자에 대한 억제 수단이 없었다면 안 그래도 혼란스러운 세상에 불신이 더욱 싹텄을 것이다.

'하지만……!'

지금만큼은 APS의 존재에 치가 떨릴 따름이었다.

물론 APS라 하여 무적은 결코 아니었다. 방어력을 상회하는 이능력만 가할 수 있다면 얼마든지 부수는 게 가능했다.

'그게 불가능하니 문제라는 거지!'

BB랭크인 적시운은 물론, A랭크인 세실리아의 폭염도 통하지 않았다. 물론 같은 부위를 연속으로 타격한다면 파괴시킬 수 있을지도 모르지만, 제이콥이 멍청하게 맞아주고만 있지는 않을 터였다.

-언제까지 달아날 수 있을 것 같나?

제이콥의 음성이 적시운의 귓전을 때렸다. 어느새 마스토돈이 지척까지 접근한 것이다.

-네게 마지막 기회를 주지. 그 계집을 넘기고 나와 손을 잡아라!

이거였나.

적시운은 이를 악물었다.

"우리만 건질 수 있다면 클랜 따위는 없어져도 상관없다는 건가?"

-그래, 너희 정도의 이능력자라면 비싼 값에 팔릴 수 있을 거다. 특히나 그 계집은 어지간한 인간 수백 명분의 가치가 있을 테지!

에메랄드 시타델의 1등 시민증을 거머쥘 수 있을 만큼의 가치!

A랭크 이능력자라면 충분할 터였다. 게다가 그녀는 젊고

건강했다. 외모야 마스크에 가려져 확인하지 못했다지만, 심각한 추녀만 아닌 바에야 별문제가 없을 것이다.

고귀한 자들, 로열 블러드의 입맛에 그대로 직격하는 특상품. 어지간한 인간 수백보다는 단연 가치가 있었다.

“웃기지 마! 누가 너 따위에게 굴복할 줄 알고?”

세실리아의 외침에 제이콥은 씩 웃었다.

–항복한다면 나머지 패거리의 목숨만큼은 살려주지. 하지만 듣지 않는다면 모조리 쳐 죽일 테다!

세실리아의 얼굴에 갈등의 기색이 스쳤다.

“누, 누가 그런 말을 들을 줄 알아?”

–못 믿겠나? 원한다면 지금 당장 보여줄 수도 있지!

제이콥이 추격을 멈추었다. 마스토돈이 기수를 바꾸는 것을 본 세실리아가 기겁했다.

“안 돼!”

적시운 또한 할 수 없이 멈춰 서야 했다.

“한 사람이라도 건드리면 가만두지 않겠어!”

–그래 주면 나야 좋지. 네년을 힘으로 제압하는 건 지금으로선 어려운 일이 아니다.

“내가 혀를 깨물고 죽어버리겠다고 해도?”

–자기 목숨을 담보 삼아 협박을 하겠다는 건가? 미안하지만 네년이 죽는다고 해도 차선책이 남아 있다.

고개를 돌린 마스토돈의 붉은 시선이 적시운을 훑었다.

—안 그런가, 스캐빈저?

"……."

—저 계집과 달리 네놈은 절대 목숨을 내놓을 위인이 아니지. 나는 알고 있다. 그리고 너 정도의 능력자라면, 저 계집만큼은 아니어도 제법 비싼 값을 받아낼 수 있어.

제이콥은 조종석 안에서 차갑게 웃었다.

—너희가 택할 수 있는 선택지는 둘뿐이다. 네 패거리가 깡그리 도륙당하는 꼴을 보거나, 아니면 내게 항복하거나!

"아……."

세실리아가 절망 어린 얼굴로 침음을 흘렸다. 그녀는 마스크 너머의 시선으로 적시운을 돌아봤다.

상정할 수 있는 최악의 상황. 지금 그녀에게 있어 믿을 사람은 그 하나뿐이었다.

'하지만 만약 이 사람에게도 방법이 없다면……?'

지금까지의 적시운은 냉정한 일면만을 보여왔다. 이번이라 해서 크게 다를까 싶었다.

'그렇지만…….'

지금 세실리아가 믿을 수 있는 유일한 사람인 것이 사실. 그녀로서는 적시운에게 의지할 수밖에 없었다.

하염없는 시선 속에서 적시운이 입을 뗐다.

“미안하지만 제3의 방법이 남아 있지.”

—제3의 방법이라고?

“그래.”

적시운은 어깨에 걸고 있는 소총을 끌어내렸다.

“너를 지금 여기서 죽이는 것.”

2

‘젠장.’

적시운은 내심 혀를 찼다. 홧김에 죽여 버리겠노라 선언하긴 했지만, 사실 마땅히 뾰족한 수는 떠오르지 않았다.

하지만 그렇다고 꼬리를 내릴 생각은 없었다. 제이콥 토마호크와 공존할 수 없다는 사실은 분명했으니까.

‘놈은 자기 외의 인간을 도구 이상으로 취급하지 않는다.’

도덕적 관점을 치워두고서라도 그런 자에게 기어들어 가는 건 자살 행위나 다름없었다. 철저히 이용만 당하고 버려질 테니까.

—네놈도 제정신이 아닌 모양이군.

제이콥의 목소리엔 노기가 가득했다.

—하긴 이능력자란 것들은 그 모양이지. 어쭙잖은 능력을 맹신한 나머지 자기가 신이라도 된 양 거들먹거린단 말씀

이야.

"글쎄. 그건 너를 두고 해야 할 말이라고 보는데?"

일단은 도발. 조금이라도 평정심을 잃게 하여 틈을 만들 필요가 있었다.

"네 추악한 야욕 덕분에 네 부하들만 개죽음을 당했지. 네가 이뤄놓은 것도 모조리 물거품이 되었고."

-네놈……!

"네 미래가 눈에 그려지는군. 연료가 바닥난 기간틱 아머를 옆에 두고 홀로 남겨진 모습이 말이야. 동족을 잃은 코볼트들이 좋은 말동무가 되어주겠지."

-개소리!

흥분한 제이콥이 오른 주먹을 불끈 쥐어 보였다.

-혓바닥 놀리는 솜씨 하나만큼은 인정해야겠군. 하지만 난 알고 있다. 네놈이 교활한 개자식이라는 것을!

"……."

-지금 지껄이는 소리들도 내 자제심을 잃게 만들려는 수작일 테지? 네놈의 혓바닥에 놀아날 생각은 없다.

마스토돈의 붉은 눈동자가 좌우로 빛을 뿌렸다.

-계집! 당장 선택해라. 내게 투항할 테냐, 네 동족들이 싹 뒈지는 꼴을 볼 테냐!

"아……!"

—아직도 주저하나? 그렇다면 선택하기 편하게 만들어 주지!

부웅!

마스토돈이 땅을 박차고 질주하기 시작했다. 허를 찔린 세실리아가 급히 폭염을 쏘았다.

콰앙!

강렬한 폭발이 어깨를 후려쳤으나 마스토돈은 살짝 기우뚱하는 선에서 그쳤다.

물론 그것은 결코 약한 공격이 아니었다. 다만 마스토돈의 방어력이 보다 높았을 따름.

"칫!"

적시운 또한 가만히 있지는 않았다. 다만 직접적인 타격보다는 다른 방식을 택했다.

'A랭커의 폭염으로도 유효타를 먹일 수 없다면 내 능력 또한 마찬가지겠지. 하지만!'

마스토돈이 달려가는 방향의 땅이 돌연 불쑥 솟아났다. 적시운이 염동력을 가하여 끌어 올린 것이다.

퍼석!

마스토돈의 다리는 흙과 돌을 그대로 깨부쉈다. 그러나 땅속에는 고강도의 철근 또한 묻혀 있었고, 기간틱 아머의 발도 그것까지 단번에 끊어내진 못했다.

결국 발이 걸린 마스토돈의 거체가 앞으로 고꾸라졌다.

쿠구구궁!

자체 중량 12톤의 쇳덩이가 땅을 구른 만큼 어마어마한 양의 흙먼지가 치솟았다. 유효 타격이 들어갔다고 보기는 어려울 테지만 도발로는 효과 만점이라 할 수 있었다.

―이 개새끼!

분노한 제이콥이 적시운 쪽으로 왼팔을 뻗었다.

터엉!

팔뚝 위의 탄약실이 열리며 유탄이 발사됐다.

"제가 처리할게요!"

외침과 거의 동시에 세실리아가 유탄에 열을 가했다. 유탄은 발사되자마자 허공에서 폭발했고, 도리어 마스토돈이 후폭풍에 밀려나 땅을 굴렀다.

―이 개 같은 년!

욕설을 뱉으면서도 침착하게 몸을 일으키는 제이콥.

다혈질적이면서도 동시에 냉정을 유지한다는 것이 대단할 따름이었다.

"저한테 아이디어 하나가 있어요."

적시운에게 다가온 세실리아가 말했다.

"저자가 다시금 유탄을 쏘게 만들면……."

"약실을 개방했을 때 그 안에 열을 가해 탄약통 전체를 폭발시키겠다고?"

"아…… 네, 가능하지 않을까요?"

"낮지는 않겠지. 하지만 놈도 알고 있을걸. 하물며 조금 전에 당한 것도 있으니."

"아."

세실리아의 얼굴에 그림자가 드리웠다.

"제가 괜한 짓을 한 건가요?"

"아니, 잘했어. 고맙다."

세실리아가 놀란 눈으로 적시운을 바라봤다. 생경함 가득한 그 시선에 적시운은 미간을 찡그렸다.

"뭐야?"

"아, 아뇨. 설마 오빠한테 그런 말을 들을 줄은 상상도 못 했거든요."

"그런 말이라니, 감사 인사 말이야?"

"네."

"……."

적시운은 할 말이 없어졌다. 애초에 쌀쌀맞게 군 것은 이쪽이니 저런 반응을 받더라도 할 말이 없긴 했지만.

여유는 거기까지. 제이콥은 곧장 반격에 나섰다.

―먹어라!

이번엔 오른팔에 장착된 이온 블라스터였다. 허튼수작을

가하지 못하게끔 겨냥을 하자마자 발사했는데, 유탄과 달리 탄속 또한 섬전 같았다. 대응할 여유 자체가 없던 두 사람은 배리어만을 가까스로 펼칠 수 있었다.

콰과광!

입자탄은 둘 사이의 땅을 강타했다. 폭발로 인한 강렬한 풍압이 두 사람을 후려쳤다.

"크윽!"

적시운은 밀려나다 못해 10여 미터를 뒹굴었다. 세실리아 또한 수 미터를 주르륵 밀려나서는 무릎을 꿇었다.

"커흑!"

검붉은 피를 각혈하는 그녀. 폭발로 인한 타격도 타격이거니와 격체전공을 통한 도핑 효과 또한 마침내 사라진 모양이었다.

-끝이군.

만족스럽게 중얼거린 제이콥이 세실리아와 적시운을 힐끔 바라봤다.

-하지만 확실히 끝장을 봐야겠지.

몸을 돌린 그가 회관 쪽으로 성큼성큼 걷기 시작했다. 그 의도란 문자 그대로 뻔한 것.

"이 개자식!"

"죽어!"

드르르륵!

미처 도망치지 못한 장정들이 소총을 갈겨댔다.

티티티팅!

마스토돈의 장갑 위로 연신 불똥이 튀었다. 그중 어떤 것도 유효 타격을 입히진 못했지만.

—귀찮다.

제이콥은 양팔을 뻗었다. 마스토돈의 양 손바닥에서 굵직한 고강도 와이어가 뿜어져 나왔다.

스스스스!

잘 끊어지는 트랩 와이어와는 용도 자체가 다른 물건.

두 줄기 와이어가 채찍처럼 휘둘러진 순간, 그 궤도 안에 있던 모든 것이 양단되어 떨어져 나갔다.

장정들 또한 마찬가지. 그들은 외마디 비명조차 지르지 못한 채 찢겨 나갔다.

"아, 안 돼."

미약하기 짝이 없는 세실리아의 혼잣말.

적시운은 승산이 없다는 사실을 새삼 실감했다.

'달아나야 한다.'

최선을 다했지만 어쩔 수 없었다. 죽음만큼은 어떻게든 면해야 하는 일. 수치심을 안고서라도 일단은 도망치는 것이 최선이었다. 자존심이라든지 양심의 가책 따위는 잠시 치워

둘 일이었다.

죽고 나면 그런 게 다 무슨 소용이겠는가? 굴욕감도 자괴감도 삶의 증표인 것을.

[정말 그게 좋은가?]

마음속의 목소리가 질문해 왔다. 친숙하면서도 지긋지긋한 음성. 빌어먹을 천마였다.

[지금 모든 걸 내던지고 달아나면 만족할 수 있겠는가?]

적시운은 그렇다고 대꾸하려 했다. 정말 그래서가 아니라, 그저 천마에 대한 반발심 때문에.

그러나 이어지는 목소리 앞에선 할 말이 없어졌다.

[저기에 자네의 여동생이 있을지도 모르는데?]

적시운은 전방을 응시했다.

마치 따라올 테면 따라와 보라는 듯 느긋하게 걸어가는 제이콥의 마스토돈.

그 앞, 흙먼지 너머로 보이는 학생회관. 그리고 그 문 앞에서 이러지도 저러지도 못하고 있는 소수의 사람. 그 사이에 있었다. 동양적인 외형의 여인이. 머리는 하얗게 세었고 얼굴엔 주름이 가득하지만, 기품이라는 것이 느껴지는 외모의 노인이었다.

그녀가 세연이일까? 적시운으로선 알 수 없는 일이었다. 단순히 얼굴만 봐서는 확신할 수 없는 노릇이었기에.

그렇다면 그녀를 구해야 할까? 주저하는 적시운의 시선이, 늙은 여인의 시선과 마주쳤다. 그녀는 도움을 바라고 있었다.

[여동생을 내버려 둘 텐가?]

탓!

적시운은 한순간 전방을 향해 뛰쳐나가고 있었다. 제이콥 또한 그 움직임을 감지했다. 레이더에 포착된 적시운은 그의 후방 30m가량을 지나치고 있었다.

–멍청한 놈. 기습 따위는 통하지 않…….

무언가가 눈앞을 홱 지나갔다. 제이콥은 잠시 후에야 그게 적시운의 육체였음을 깨달았다.

–레이더가 고장 났나?

그 짧은 순간 동안 30m를 주파했다? 물론 그렇게까지 놀랄 일은 아니긴 했다. 염동력을 이용한다면 얼추 가능할 터였고. 그리고 어차피 바뀌는 것은 아무것도 없었다.

—해치워 주마.

보아하니 폭염의 마녀는 상처도 상처이거니와 이미 전의를 상실한 상태였다. 그런 상대는 적당히 협박해 주면 이쪽의 뜻대로 움직이는 게 가능했다.

반면 스캐빈저 같은 놈들은 다르다.

—훗날 귀찮아질 게 뻔하니, 여기서 없애야겠지.

몇 번이나 제이콥의 예상을 벗어났던 놈이다. 죽음에서도 한 번 살아 돌아왔다지만, 그 `요행도 이것으로 끝이었다.

처처처척!

왼팔의 탄약실이 전부 개방됐다. 최대 8발의 유탄을 동시에 발사할 수 있는 마스토돈이었고, 제이콥은 유탄을 모조리 쏟아붓기로 결심했다.

폭염의 마녀라면 모를까, 놈으로서는 결코 막을 수 없을 일격.

—뒈져라!

제이콥은 약간의 지체도 없이 유탄을 전부 발사했다.

터터터텅!

그 시점에 적시운은 늙은 여인과 사람들의 앞에 당도했다. 하지만 그다음이 생각나지 않았다. 정신을 차리고 보니 남은 것은 쇄도하는 유탄들. 대처할 방안은 아무것도 없었다.

'끝인가?'

주마등이라도 흘러가려는 걸까. 8발의 유탄이 느릿하게 날아들고 있었다. 마치 느긋하게 인생의 최후를 음미하라는 것처럼.

'끝이다.'

회피하기엔 늦었다. 염동력으로 막아내기엔 너무 많았다. 궤도를 흘려내는 것도 한두 개나 가능한 일. 8개가 동시에 날아드는 것을 막을 길은 없었다.

죽음이 찾아오리라. 피할 수 없는 절대적인 죽음이.

적시운은 눈을 감았다. 설마 이런 식으로 끝을 맞이하게 될 줄은 몰랐다. 그런데도 이상하게 마음속은 평온했다.

무의식 깊은 곳에서 천마가 질문했다.

[그녀를 지키고 싶은가?]

폭설이 무한산(無限山)을 뒤덮은 날, 소년은 깨달았다. 하루 만에 받아들이기엔 너무나 많은 진실을.

이민족인 그들은 중원의 한족과 융화될 수 없으며 백도무림의 잣대는 너무나 편협하다는 것. 또한 그들이 옛 숙적의 어린 자식들까지 죽여야 할 만큼 케케묵은 원한에 집착하여 왔다는 것. 그리고 이제 다시는 어머니와 동생들을 볼 수 없다는 것까지.

무림맹의 습격자들이었다. 그들의 손속은 무자비했고 거침이 없었다. 삼백 명에 달하던 소년의 무리는 끈질긴 추격 끝에 열 명으로 줄었다.

여동생의 차가운 시체 앞에서 소년은 다짐했다. 다시는 그 누구도 그의 것을 빼앗지 못하게 하겠노라고.

하지만 어떻게?

소년은 오랜 스승들의 가르침을 되새겼다. 비전 술법에 의해 뇌리에 각인된 구결을 따라, 그 하나하나의 언문을 몸에 새겨넣었다. 끝없이 반복되는 단련으로.

다리를 벌리고, 자세를 낮추고, 주먹을 내뻗는다.

그 단순한 동작 속에 수많은 묘리를 심는다. 세밀한 제어를 통해 기운을 운용하고, 최적의 각도와 범위 안에 손과 발을 위치시킨다.

머리로만 이해되는 행위를 몸에 각인시키기 위해 필요한 것은 끝없는 반복, 그리고 집념뿐.

소년은 동생을 생각했다. 무림이니 복수니 하는 것과는 거리가 멀었던 아이를, 자신이 약하고 무력했기에 지켜주지 못했던 생명을.

하나의 권격에 일념을 심어 눈앞의 눈송이를 향하여 뻗었다.

흩어지는 것은 추억과 상념.

뭉쳐지는 것은 고독과 갈망.

그 누구도 나의 세계에 침범하지 못하게 하리라.

나의 것을 지키리라.

그 일념을 붙든 채 주먹을 그러쥐고는…….

눈앞을 향하여 뻗었다.

화르르륵!

8발의 유탄이 한순간 폭발하는 모습이 적시운의 망막에 맺혔다. 여덟 줄기의 불꽃이 소용돌이처럼 휘도는 것도, 뿜어져 나온 권풍이 그것들을 휩쓰는 것도.

천마신공 권식 제일초, '천랑섬권(天狼閃拳)'이었다.

쿠구구구!

격발된 권기가 노도처럼 휘몰아쳤다. 해일이나 다름없는 강맹한 힘 앞에서 불꽃들이 기운을 잃고는 스러졌다.

적시운은 폭염을 정면으로 뚫고서 내달렸다.

-무, 무슨!

제이콥이 당황 속에 소리쳤다. 적시운은 본능이 이끄는 대로 마스토돈을 향해 돌진했다.

—미친 자식!

제이콥이 경악 반 비웃음 반의 일갈을 뱉었다. 대체 무슨 수로 유탄의 폭발력을 상쇄한 것인지는 모르겠지만, 제까짓 것이 기간틱 아머를 상대로 뭘 어쩌겠는가?

—뒈져!

분노를 가득 실어 주먹을 내뻗는 제이콥.

'한 번 더!'

본능의 외침이 적시운의 뇌리를 때렸다.

적시운은 쇄도하는 강철의 주먹을 향해 권격을 떨쳤다.

3

이능력과 내공은 별개의 힘이다. 사해만방의 그 어떤 무공으로도 대적하지 못했던 천마가 불의의 일격을 당했던 것도 그 때문이다.

일종의 무공 방어 체계라 할 수 있는 호신강기는 적시운의 염동력에 아무런 영향도 끼치지 못했다. 그 덕에 적시운은 천마에게 치명적인 내상을 입히는 데 성공했고.

그리고 이 말을 뒤집자면 이능력 또한 내공의 작용에 어떤 영향도 끼칠 수 없다는 뜻. 즉, 이능력 방어 체계인 APS로는 내공의 작용을 막아낼 수 없다는 의미였다.

콰득!

강화 합금이 종잇장처럼 구겨지는 광경에 제이콥은 경악했다.

—뭣……!

콰드득!

적시운의 오른팔은 거의 파묻히다시피 한 상태. 어깻죽지 깊이까지 마스토돈의 주먹을 뚫고 들어간 뒤였다.

쿠구구구.

적시운의 단전이 용암처럼 들끓었다. 천마에게서 직접 전수받은 내공과 적시운이 그간 축적한 내공이 한꺼번에 근골을 타고 올라와 오른 주먹으로 몰려들었다.

으득!

이를 악물고 아랫배에 힘을 주었다. 두 다리로 굳건히 버티는 동시에 상체를 지렛대 삼아 오른팔을 후렸다.

콰드드드득!

마스토돈의 오른팔이 송두리째 박살 났다. 산산이 흩어지는 기계 장치와 금속 조각 사이로 제이콥의 맨팔이 드러났다.

적시운 또한 무사하진 못했다. 끌어올린 막대한 내력을 몸이 감당하지 못해 오른팔 곳곳의 살갗이 찢어져 피를 쏟았다.

그러나 고통은 느껴지지 않았다. 극도의 고양감과 아드레날린이 육체를 떠받치고 있었기에.

—크으윽!

제이콥도 가만히 있지는 않았다. 그 어느 때와도 비교할 수 없는 위기감 속에 그는 왼팔을 뻗어 적시운을 겨냥했다. 이온 블라스터를 쏘려는 것. 유탄과 달리 권격으로 상쇄하기는 어려울 터였다.

일단 발사된다면 지금의 적시운으로서도 대처할 수 없을 것이 분명했다.

'그렇다면 못 쏘게 하면 그만!'

적시운은 훤히 드러난 제이콥의 오른팔에 염동력을 투사했다. 정확히는 팔꿈치의 안쪽, 상완골과 척골이 맞닿는 관절에.

콰직!

—크아아악!

제이콥의 오른팔이 역으로 꺾였다. 뇌를 태우는 고통이 제이콥의 판단력과 움직임을 마비시켰다.

고통 속에 비틀거리는 마스토돈의 거체.

적시운은 망설임 없이 세 번째 권격을 내질렀다.

쾅!

티타늄 개량 합금으로 이루어진 흉부 장갑이 양철판처럼 움푹 파여 들어갔다. 그뿐 아니라 타격력 자체가 마스토돈의 내부로 파고들었다.

무의식중에 이루어진 격산타우의 묘리.

천랑섬권의 타격은 제이콥의 체내를 철저히 부숴놓았다. 내공에 대한 방어 능력이 없는 인간으로서는 도저히 막을 수도, 버틸 수도 없는 일격이었다.

"쿠웨엑!"

피를 한 됫박 게워낸 제이콥의 동공에서 생기가 사라졌다. 그의 상체가 피범벅이 된 계기판 위로 고꾸라졌다. 주인을 잃은 마스토돈의 거체 역시 기우뚱 주저앉았다.

토마호크 클랜이 완전히 끝장나는 순간이었다.

토마호크 클랜은 문자 그대로 멸망했다. 400에 달하던 클랜원 중 살아남은 이는 30명이 채 되지 않았고, 그들은 모두 화염의 아이들 측에 투항했다.

본거지인 대학교는 대부분 붕괴되었다. 남겨진 물자들 중 가치 있는 것들이 우선적으로 마을로 옮겨졌다.

코볼트 무리 또한 궤멸적인 타격을 입은 채로 달아났다.

최소한 수년 동안은 복수를 꿈꾸지도 못할 터였다.

아이러니하게도 거의 피해를 입지 않은 채 살아남은 것은 가장 약한 세력인 화염의 아이들이었다.

그리고 이를 가능케 한 것은 물론…….

"나라는 거지."

적시운은 한숨을 내쉬었다.

자랑하고 싶은 마음 따윈 조금도 들지 않았다. 애초에 떠벌릴 만한 대상도 딱히 없었고.

적시운은 속칭 화염의 아이들, 그러나 실질적으로는 이름 없는 피난민 집단에 불과한 사람들의 부락에서 치료를 받고 요양을 취했다. 요양이라 해봐야 며칠 침상에 머무는 수준에 지나지 않았지만.

등허리의 화상은 어느 정도 아문 상태. 진짜 문제는 오른팔이었다. 두 번의 천랑섬권을 육체가 견디지 못해 피부 곳곳이 갈라졌는데, 그 와중에 세 번째 권격까지 후려갈긴 덕에 상처가 악화됐다. 그나마 다행인 점은 뼈가 상하지 않았다는 것. 그래도 붕대 신세는 당분간 면하기 어려울 듯했다.

"게다가 더 큰 골칫거리는……."

적시운은 간이 목조 건물의 창밖을 응시했다. 엄격한 얼굴의 중년인이 무장한 청년들을 대동한 채 다가오고 있었다.

청년들을 밖에 세워놓은 중년인이 홀로 방 안으로 들어왔다. 동양인의 특성이 보다 많이 드러나 있는 혼혈인이었다. 이곳 사람 대다수가 그렇듯이.

중년인의 시선이 적시운을 지나 탁자의 그릇으로 향했다. 으깬 감자 찌꺼기와 작은 참새구이의 흔적이 남아 있었다.

“음식은 좀 입맛에 맞았는지 모르겠소.”

“그럭저럭. 변종 사슴 피 빠는 것보단 낫던데.”

딱딱한 대꾸에 중년인이 쓴웃음을 지었다.

“아직도 우릴 경계하고 계시는구려.”

“그래.”

적시운은 굳이 부정하지 않았다.

“괜찮다면 이유를 여쭤봐도 되겠소이까?”

“간단해. 아무나 쉽게 신뢰해선 곤란한 세상이니까. 하물며 그게 여자애를 무기 대용으로 써먹는 패거리라면.”

“과연.”

중년인의 얼굴에 씁쓸함이 스쳤다.

“우리 모두가 그 아이, 세실에겐 몹쓸 짓을 했지요.”

“하지만 본의는 아니었다. 어쩔 수 없었다. 뭐 그런 얘기라도 하고 싶은 건가? 미안하지만 넋두리는 당신네 부하들에게나 하시지.”

“그런…… 의도는 아니었소.”

“의도가 뭐였든 간에 그런 얘기 자체를 내 앞에서 꺼내지

마. 난 관심 없으니까."

적시운은 딱 잘라 말했다.

"난 내가 원하는 것을 받아내고 여길 떠날 거다. 그 외에 댁들과 나 사이에 볼일 따윈 없어."

이능력자는 여러모로 유능하다. 하물며 황무지가 되어버린 세상이라면 말할 것도 없다. 그런 만큼 날파리가 꼬일 수밖에 없었다. 능력이 출중할수록, 사람이 좋을수록 더더욱.

적시운은 그런 이를 너무나 많이 봐왔다. 인정에 호소하거나 동정심을 자극해 이능력자를 이용하려 드는 무리들을 말이다.

그런 경우의 결말은 대체로 입맛이 쓴 법이었다. 사람은 누구나 이기적이고, 거듭된 호의를 당연한 것으로 받아들이게 마련이니까.

그렇기에 애초부터 그런 시도를 못 하게끔 차단하려는 게 적시운의 생각이었다. 그다지 성공적이진 않았지만.

"틀렸어요. 사람들을 지키기 위해 싸웠던 건 제 의지였단 말이에요."

"……어련하시겠어."

적시운은 고개를 절레절레 저었다.

세실리아가 큼직한 창틀을 넘어와선 중년인의 곁에 섰다.

"너무 기분 나빠 하지는 마세요, 촌장님. 오빠도 진심으로 저렇게 말하는 건 아니에요."

"진심이야. 그리고 난 네 오빠도 아니고."

"자꾸 그리 매정하게 말씀하시면 저 울지도 몰라요."

"……."

적시운은 그녀를 무시하기로 하고는 촌장이라 불린 중년인을 돌아봤다.

"어쨌든 더 이상 내게 뭔가를 바랄 생각은 마. 난 당신네에게 어떤 도움도 줄 생각이 없으니까."

"딱히 뭔가를 바라기에 찾아온 것은 아니오. 그저 사람들을 대표해서 귀하에게 감사를 표하고 싶었을 뿐이오."

"필요 없어. 호의로 한 일이 아니니까."

"의도야 어떻든 귀하 덕분에 우리가 살아남을 수 있었던 것은 사실 아니겠소?"

그때 문틈으로 자그만 얼굴 하나가 볼록 튀어나왔다. 작은 소년, 회관에서 토마호크 클랜원이 인질로 잡았던 아이였다.

"들어오렴."

세실리아의 말에 소년은 쭈뼛거리며 다가왔다. 그러고는 적시운에게 뭔가를 내밀었다. 알록달록한 유리구슬 대여섯 개.

적시운이 의아하게 쳐다보려니 세실리아가 놀라서 말했다.

"네 보물이잖아. 이 오빠한테 주려고?"

고개를 끄덕인 소년이 적시운을 물끄러미 바라봤다.

"……."

필요 없노라고 말하기가 힘들었다. 이것만큼은 순수한 호의의 표현이 분명했기에.

이 마당에도 툭툭거리는 건 차마 못 할 짓 같았다.

약간은 찝찝하기도 했다. 소년이 인질로 잡혔던 그때, 적시운은 딱히 소년을 구하려 하지 않았기 때문이다. 이마를 꿰뚫린 클랜원이 반사적으로 방아쇠를 당길 수도 있었다. 만약 그랬다면 소년 또한 살아 있지 못했을 터. 설령 그랬더라도 적시운은 가책을 느끼진 않았을 것이다.

결과적으로는 일이 잘 풀렸지만.

"받아는 두마."

적시운은 유리구슬을 챙겼다. 소년은 눈에 띄게 밝아진 얼굴로 고개를 꾸벅 숙이고는 돌아갔다.

"그럼 나 역시 돌아가 보겠소. 혹 필요한 게 있다면 언제든지 말씀하시오."

"……그러지."

묵례를 한 중년인이 물러났다.

적시운은 침대에 앉아 있는 세실리아를 돌아봤다.

"너는 안 가?"

"제가 갔으면 좋겠어요?"

"당연한 소릴."

"흐응, 그렇군요."

쌀쌀맞은 대꾸에도 시큰둥한 세실리아. 적시운의 태도에 이제는 익숙해진 듯 그저 그러려니 하는 반응이었다.

"오빠 머릿속엔 떠날 생각만 잔뜩 있는 것 같아요."

"그래, 여기에 더 볼일은 없으니까."

"반드시 해야만 하는 일이 있는 건가요? 누군가를 만나야 한다거나?"

적시운은 대꾸하지 않았다. 네게 말할 의무 같은 건 없다는 의미였다. 그러나 세실리아는 딱히 실망하지 않았다.

"제가 마술 하나 보여줄까요?"

"……."

"간단한 마술이에요. 오빠는 곧 놀라서 저를 돌아보게 될 거예요."

"……?"

"큰할머니가 깨어나셨어요."

반사적으로 그녀를 돌아본 적시운이 움찔했다. 장난스럽게 웃은 세실리아가 손을 내밀었다.

"안내해 드릴게요. 따라오세요."

큰할머니라 불리는 여인은 70세의 고령이었다.

그렇기 때문일까. 모든 상황이 종료된 이후에 긴장감을 이기지 못하고 탈진하여 쓰러져 버렸다. 그리고 오늘에야 겨우 정신을 차린 것이었다.

그녀가 있는 곳은 자그만 움막이었다. 허름하긴 해도 제법 아늑해 보이는, 장정 한두 명만 들어가도 꽉 찰 듯한 그런 공간.

적시운은 그 입구 앞에서 발을 떼지 못했다.

"왜 그러세요?"

세실리아의 물음에도 대답할 수가 없었다. 머릿속이 온갖 상념으로 가득 차버린 탓이다.

'만약 그녀가 정말 세연이라면?'

자신의 배 이상의 삶을 살아버린 여동생을 어떻게 대해야 할까. 지켜주겠다는 약속조차 지키지 못한 채 수십 년을 표류해 버린 못난 오라비. 기나긴 세월을 넘어 돌아온 그를 여동생은 어떻게 받아들일까.

"들어오세요."

나직한 음성. 한국어였다. 적시운의 온몸이 사시나무처럼 떨렸다.

"……?"

의아해하는 세실리아. 이번엔 영어로 된 음성이 들려왔다.

"세실, 너는 밖에서 기다리렴."

"으응, 알겠어요."

다소곳이 대꾸한 세실리아가 적시운의 눈치를 봤다. 한동안 갈등하던 적시운이 조심스레 움막 안으로 들어섰다. 동물의 모피가 덮여 있는 침상이 눈에 들어왔다. 거기에 비스듬히 누워 있는 여인의 모습 역시.

"일어난 채로 은인을 맞이하지 못해 죄송합니다."

정갈한 억양의 표준 한국어. 적시운은 더 참지 못하고 물었다.

"나를 기억해?"

억겁 같은 시간이 지나고 그녀가 입을 열었다.

"물론이지요."

적시운의 몸이 크게 들썩였다. 형용 못 할 감정들이 그의 뇌리를 썰물처럼 스쳐 갔다.

여인은 아차 싶은 표정을 지었다.

"그때 저를 구해주셨지요. 당신은 저뿐 아니라 모두를 구해주셨어요."

"그럼……."

"저를 다른 누군가와 착각하신 모양이군요. 하지만 저는 그때 당신과 처음 만났답니다."

"……아."

온몸을 흔들던 흥분이 빠르게 사라졌다. 안심인지 실망인지 모를 감정에 적시운은 고개를 숙였다.

"그렇다면 한국어는……?"

"제가 어릴 때까지만 해도 모국어는 제법 많이 사용되었었지요. 근래 들어서 사용하거나 들어본 적은 거의 없었지만요."

그랬구나.

적시운은 마음속으로 중얼거렸다.

"찾는 분은 아마도…… 가족인 모양이군요."

"그래."

"결례가 되지 않는다면 그게 누구인지 물어봐도 될까요?"

"……여동생."

여인의 눈에 안타까운 감정이 스쳤다.

"그랬군요."

"혹시 지금이 몇 년도인지 알고 있나?"

지푸라기라도 잡자는 심정으로 던진 질문. 여인은 한동안 침묵하다가 반문했다.

"보아하니 제국력에 대해 물으시려는 것 같지는 않은데, 제 생각이 맞나요?"

"그래."

"서력에 대해 알고 싶으신 거군요. 제 기억이 정확하다면 지금은 아마도……."

적시운은 여인의 입술을 뚫어져라 바라봤다.

"서기 2173년일 거예요."

"……!"

두 다리의 힘이 순간 풀린 탓에 적시운은 눅눅한 바닥에 그대로 주저앉았다. 눈물 한 방울이 적시운의 볼을 타고 흘렀다. 안도의 눈물이었다.

"10년밖에…… 지나지 않았던 거구나."

4

21세기는 인류 문명이 가장 융성했던 시대였다. 정점을 찍은 과학력과 풍족한 물자가 존재했던, 더불어 다른 시대에 비하면 그나마 평화를 유지했던 시기.

무엇보다도 그때는 마수들이 존재하지 않았다. 영화, 드라마, 게임, 소설, 그리고 네트워크 컬처에 이르기까지 수많은 여건을 양분 삼아 갖가지 문화 매체가 꽃을 피웠다.

그 시절의 유산은 적시운의 시대인 22세기에까지 이어져 내려왔다. 특히나 적시운을 사로잡았던 것은 영상 매체, 영화였다.

그중에서도 어릴 적에 보았던 영화 하나. 자세한 내용까지는 기억나지 않았다. 너무나 오래전에 봤기 때문이리라.

그래도 지금까지 기억에 남아 있는 내용이 있었다. 모종의 일로 우주로 나가게 된 아버지, 그가 임무를 마치고 돌아왔을 때 만나게 된 것은 수십 년이 훌쩍 지나 버린 세계. 그리고 자신보다도 늙어버린 딸의 모습이었다.

나 역시 그렇게 되지는 않을까.

중원 무림에서 돌아온 이후 내내 적시운의 뇌리를 떠나지 않은 불안감이었다.

"하지만……."

지나가 버린 시간은 고작 10년뿐.

짧다고는 할 수 없는 시간이건만, 그 사실이 지금 당장으로서는 너무나 큰 위안으로 다가왔다.

'비록 짧지 않은 시간이지만, 그렇더라도…….'

수십 년이 지나간 것보다는 나았다. 수백 년이 지나간 것보다는 더더욱 나았고.

조용히 흐느끼는 적시운의 어깨에 따스한 감촉이 닿았다. 늙은 여인이 몸을 일으켜 그를 안아준 것이었다.

"무슨 일인지는 몰라도 다행이란 생각이 드는군요. 은인께서 안심하신 것 같아 기쁩니다."

"……."

적시운의 얼굴이 살짝 붉어졌다. 남 앞에서 못 보일 꼴을 보였다는 생각이 들었다.

"이제 좀 안정이 되셨나요?"

"……그래."

슬며시 물러난 여인이 빙긋 웃었다.

"세실이나 다른 사람들한텐 말하지 않을게요."

"……."

"혹여나 더 물으실 것이 있나요?"

"잠깐만."

적시운은 몇 차례 심호흡을 했다. 질문에 앞서 흥분한 마음부터 가라앉혀야 할 것 같았다.

"당신의 기억, 정확한 거겠지?"

"이렇게 늙긴 했어도 아직 치매는 오지 않았답니다. 제 생각일 뿐인지는 모르겠지만요."

적시운이 보기에도 그녀에게 정신적인 질환이 있는 것 같진 않았다. 겉보기만 그럴 가능성도 아주 없진 않겠지만.

'재수 없는 생각을.'

고개를 휘휘 저은 적시운이 다른 질문을 꺼냈다.

"혹시 한국의 사정에 대해 뭔가 아는 것 있어?"

여인의 얼굴에 그림자가 드리워졌다.

"안타깝게도 최근에는 그곳의 정보를 거의 접하지 못했답니다."

"그렇다는 건, 이전에는 있었다는 뜻인가?"

"10년 전쯤이 마지막이었던 걸로 기억해요. 엄밀히 말하자면 한국이 관련되었을 가능성이 있다고 해야겠군요."

10년 전. 적시운이 작전에 투입됐던 시기였다.

"무슨 일이 있었던 거지?"

"저 또한 다른 사람들에게서 전해 들었을 뿐이지만……, 미 전역에 남아 있던 핵 격납고에 일제히 신호가 들어갔던 모양이에요."

"핵이라고?"

고개를 끄덕인 여인이 설명했다.

"일렉트로닉 비스트…… 전뇌 마수의 소행이었죠."

"전뇌 마수라고?"

적시운으로서는 처음 듣는 이름이었다.

"실체를 지녔다기보다는 프로그램에 기생하는, 일종의 바이러스라더군요."

"……."

"전뇌 마수들은 잔존해 있는 미 국방성 네트워크에 침투했고, 각 격납고의 미사일 발사 코드를 가동시켰어요."

"그리고 그것들이……?"

여인은 씁쓸한 얼굴로 고개를 끄덕였다.

“정확한 목표점까지는 알지 못해요. 다만 그것들이 미 본토에 떨어지지 않았다는 점만은 분명해요. 그렇기에, 아마도 항전 중인 국가들을 노렸을 거라 보는 것이 정확하겠지요.”

중국을 필두로 한 UN 연합국들. 대한민국 또한 그 안에 포함되어 있었다. 그뿐 아니라 UN 내에서도 상당한 두각을 나타내는 편이었고.

‘그렇다는 건…….’

한국 또한 핵 폭격의 타깃이 됐을 가능성이 높다는 뜻이었다.

마수들은 단순히 흉포하기만 한 짐승 집단이 아니었다. 최소한 놈들을 이끄는 수뇌부는 인간을 능가하는 지성을 지녔다. 그런 놈들이니만큼 해킹 공격이라거나 핵 폭격이라거나 하는 것도 불가능한 얘기는 결코 아니었다.

어두워지는 적시운의 얼굴을 본 여인이 덧붙였다.

“하지만 그건 어디까지나 풍문에 불과하답니다. 그 누구도 진위를 파악하지 못한 소문 말이에요.”

“알아.”

짤막하게 대꾸한 적시운이 말했다.

“게다가 한국에도 핵 방어 체계 정도는 갖춰져 있어. 설령 핵이 발사됐다고 해도 그것만으로 모든 게 끝났을 거라고는 생각하지 않아.”

세상 모두가 끝장났다고 생각했던 미국에도 생존자들이 버젓이 존재했다. 나아가 새로운 국가까지 건국되었을 정도.

그런 미국에 비하면 한국은 사정이 나은 편이었다. 게다가…….

"절망보다는 희망을 품는 편이 나을 테고."

"그건 그렇군요."

여인이 부드럽게 미소를 지었다. 마치 어머니의 미소 같다는 느낌에 적시운은 재차 얼굴을 붉혔다.

적시운은 두어 번 헛기침을 하고는 급히 화제를 돌렸다.

"그보다 당신, 아무래도 평범한 노인 같지는 않은데."

"왜 그렇게 생각하시죠?"

"한국어를 아직까지도 유창하게 사용하고 있다는 점도 그렇고, 핵 발사에 대해 알고 있는 것도 그렇고. 특이하다고 느낄 수밖에."

"그쯤은 별것 아닌걸요."

"별것 아닌 것 같아도 지금 같은 세상에선 대단한 지성이라 할 수 있지. 이곳의 문맹률은 21세기의 아프리카보다도 뒤떨어질 텐데."

"사실…… 젊을 적엔 국방 연구원으로 근무했었답니다."

"미합중국에서?"

"노던 아메리칸 엠파이어, 북미 제국에서요."

또다시 그 이름이었다.

적시운은 미간을 찡그렸다.

"그 북미 제국이라는 거, 내 생각보다도 오래된 집단인 모양이군."

"그럴 거예요. 미국이 초토화된 이후 얼마 지나지 않아 건국되었으니까요."

"그렇다는 건……."

"황제를 보좌하는 이들 대부분은 옛 중앙 정부의 요직에 있었던 자예요. 다시 말해, 미합중국의 수뇌부가 거의 그대로 옮겨갔다고도 할 수 있겠지요."

적시운은 눈살을 찌푸렸다.

"마치 기다렸다는 듯이 갈아탔다는 얘기처럼 들리는데."

"어쩌면 그럴지도 모르겠군요. 일개 연구원이었던 저로서는 판단하기 어려운 얘기지만요."

"왜 연구직을 박차고 나온 거지?"

"그것은……."

여인의 얼굴이 고통으로 일그러졌다. 떠올리기 괴로운 이야기인 모양.

적시운은 황급히 덧붙였다.

"말하기 싫으면 굳이 하지 않아도 돼."

"후후, 친절하시군요."

"딱히. 그저 남의 구질구질한 사정엔 흥미가 없을 뿐이야."

쌀쌀맞은 적시운의 말에도 여인은 빙긋 웃을 따름이었다.

"나이가 들고 나서야 알게 되는 사실이 몇 가지 있지요. 그런 종류의 말이 사실은 친절이라는 사실도 그렇답니다."

"……."

"저와의 대화가 도움이 되었다면 기쁠 것 같군요."

여인은 천천히 눈을 감았다. 짧지 않은 대화로 인해 피로를 느낀 듯했다. 적시운은 그녀를 방해하지 않기 위해 자리에서 일어났다. 잠들기 전 그녀가 속삭이듯 말했다.

"은인께서 여동생을 꼭 만날 수 있기를 기도하겠어요."

초토화된 대학의 교정.

불과 며칠 전까지만 해도 토마호크 클랜의 본거지였던 곳이다. 그러나 지금은 문자 그대로 폐허가 된 채 방치되어 있었다. 곳곳에서 채 꺼지지 않은 연기가 검은 잿더미 위로 모락모락 피어나는 중. 적시운은 그곳에 서 있었다.

"……."

눈앞에 있는 것은 기간틱 아머 마스토돈. 그날 적시운이 후려갈겨 거꾸러뜨린 자세 그대로였다.

사소한 차이라면 더 이상 조종사가 존재하지 않는다는 것. 제이콥의 시체는 그날 바로 마을 사람들에 의해 끄집어내졌다. 개폐 장치가 찌그러진 탓에 탑승구를 억지로 비틀어 열어야 했다.

수 시간에 걸친 작업 이후 끌어낸 제이콥의 꼴은 말이 아니었다. 적시운은 칠공에서 피를 쏟아낸다는 표현이 의미하는 바를 그날 확실하게 깨달았다.

죽어버린 폭군은 숲에 버려졌다. 비장의 병기는 덩그러니 남았다.

마을 사람 중 어느 누구도 마스토돈을 건드리지 않았다. 오로지 적시운만이 만질 자격을 지닌 전리품이라 생각하는 듯했다. 이는 물론 좋은 일이었다. 특히나 그 대상이 기간틱 아머라면 더더욱.

"움직일 수는 있으려나."

조종석으로 들어선 적시운이 나직이 중얼거렸다. 며칠간 피가 말라붙은 덕인지 비릿한 냄새는 거의 나지 않았다.

"……힘들겠군."

어떻게든 정비해 보려 했으나 이내 포기했다. 상태를 보아하니 억지로 기동시키려다 폭발할 가능성이 높아 보였다.

"하는 수 없지."

적시운은 마스토돈의 동력로를 열어 이온 전지를 분리했

다. 에너지의 잔량은 대략 45% 정도. 신서울 기준으로도 족히 집 한 채를 살 수 있는 수치였다.

"나쁘지 않은걸."

적시운은 이온 전지를 가지고 온 백팩에 꽂아 넣었다. 백팩 또한 근처에서 찾아낸 물품 중 하나였다.

지퍼의 옆으로 생산처의 이름이 영어로 적혀 있었다.

"에메랄드 시타델 군수 공장."

오소독스를 탐사할 때 적잖이 발견할 수 있었던 이름.

사실상 최근 제작된 물품의 대부분은 이곳에서 만들어졌다고 봐도 좋았다.

적시운은 일단 쓸 만한 부품들부터 더 뜯어내기로 했다.

1시간쯤 후에 마스토돈에서 나왔을 때엔 백팩이 터질 듯 가득 차 있었다.

"그러면 다음으로는……."

나직이 중얼거리는 적시운의 시선에 걸리는 것이 하나. 대학교의 본관 건물이었다.

"……."

토마호크 클랜의 지휘소 역할을 했던 곳. 병기고를 제외한다면 가장 중요한 물품들이 보관된 장소일 터였다.

그런 까닭에 이미 마을 사람들에 의해 한차례 싹쓸이가 된 뒤. 그래도 제이콥의 방만큼은 손끝 하나 대지 않았다고 했다. 마치 적시운에게 진상하겠다는 양.

"뭐, 무시당하는 것보단 낫겠지만."

세실리아를 제외한 대부분의 마을 사람은 적시운을 두려워하고 있었다.

'찍소리 않고 받들어줄 테니 얼른 만족하고 떠나다오.'

이런 시선을 보내오는 이들은 차라리 나은 편이었다. 몇몇은 아예 귀신이라도 본 것처럼 겁을 먹고 바들거렸는데, 적시운으로선 꼭 가시방석에 앉아 있는 기분이었다.

"볼일 다 보면 얼른 떠나든지 해야지."

제이콥의 방은 2층 중앙에 있었다. 거대한 연회용 홀에서 계단으로 이어지는, 우두머리의 자리라 할 만한 곳이었다.

혹시나 하여 트랩이 있는지 살펴봤지만 딱히 감지되는 것은 없었다. 적시운은 잠겨 있는 문을 염동력으로 부수고 들어갔다.

"하."

과연 철두철미하다고 해야 할까. 제이콥의 방 안은 소형 방공호를 연상케 했다. 수북이 쌓여 있는 군용 식량들. 벽 한쪽을 고스란히 차지하는 무기 거치대. 큼직한 탄약 상자와 금고. 혼자 옮기려면 몇 번은 왔다 갔다 해야 할 물품들이 방 안에 가득했다.

"염동력으로 싹 옮기면 되기는 한데……."

일단은 물품을 적재할 차량부터 가져와야 할 것 같았다.

치지지직.

책상 위에서 익숙한 노이즈가 들려왔다. 구식 통신기였다. 아마도 상대편에서 전파를 발신하고 있는 듯했다. 그리고 그 상대편이란 아마도…….

'에메랄드 시타델!'

적시운의 머릿속이 복잡해졌다. 그러는 동안 노이즈 사이로 성인 남성의 목소리가 들려왔다.

-지난번 이후로는 좀처럼 연락이 없군, 토마호크. 일은 제대로 진행되고 있는 건가?

적시운은 잠시 고민했다. 이제 어떻게 한다?

이내 마음을 정하고는 통신기 앞에 앉았다.

"제이콥 토마호크는 사망했다."

-……누구냐. 무슨 일이 있었던 거지?

"그의 후계자라고 해야겠군. 갑작스러운 마수들의 습격이 있었고, 클랜 전체가 심대한 타격을 입었다."

-노예들은?

"혼란을 틈타 대부분 달아났지."

-그런가?

의외로 크게 의심하진 않는 분위기였다.

-유용한 유통망 하나가 사라졌군. 백작님께서 실망하시

겠어.

에메랄드 시타델의 백작.

적시운은 그 이름을 머릿속에 새겨놓았다.

–그러면…… 후계자 양반. 보아하니 댁하고는 거래하기 어려울 것 같군. 애석하지만 이게 우리의 마지막 대화가 될 듯한데.

"글쎄, 모르지. 인생사는 한 치 앞을 알 수가 없는 법이니까."

–흠, 자네 또한 몽상가 타입인가? 그게 아니라면 이쪽이 혹할 건수라도 가지고 있나?

"그럴 수도 있지. 그 전에 그쪽과 접촉부터 해야겠지만."

–이곳을 찾아오겠다고?

"그곳을 찾아가겠다."

짤막한 침묵이 전파를 타고 흘렀다.

–너, 토마호크의 잔당이 아니로군.

눈치가 빠른 놈이었다. 적시운이 흘린 암시를 알아챌 만큼.

적시운은 담담한 어조로 대답했다.

"그렇다."

to be continued